瑪嘉烈與大衛的絲

序

循例有人會問，絲絲是甚麼意思，也循例解釋一下。

絲絲是一個量詞，不是計算蜘蛛俠的蜘蛛絲，絲絲是形容回憶的量詞。

回憶撕開了不會是硬繃繃的，那是軟綿綿的一絲絲，盛載的笑聲、眼淚、時間、心血，都是綿綿的，剪不斷，理還亂。我們以為已經和一些人一刀兩斷，但發生過的感情，遠去了的回憶，總會有意無意之間，如靈魂般出竅，一絲回憶帶來千絲萬縷的關係。

《絲絲》是《綠豆》的延續，這是瑪嘉烈與大衛小說系列第一次出現的延續篇。《最初》、《蒼蠅》、《前度》、《綠豆》的故事時空都不是順序的，只有《絲絲》的故事是發生在《綠豆》之後，是延續，俗語說是續集。

如果有心創作一個連續系列便應該好像《哈利波特》、《天龍八部》，精心設計故事佈局，做到有追看性，令人看得欲罷不能。但是，《瑪嘉烈與大衛》絕對是即興演出，是見步行步地寫出來的。

見步行步好像比較消極，其實不然。

人生有計劃是對的，但宇宙有太多未知，世事有太多不測，人與人之間太多錯配，計劃會被打亂的機會太多。簡單如安排好晚飯的地點，也可能會因為時間、天氣、交通、人腳而需要更改；不要以為事情小，所以容易被影響，就算一些人生規劃，如三十歲要買樓結婚、四十歲前創業、五十歲退休這種人生大計，風吹歪了，就散了。

計劃散了，其實沒有甚麼大不了，愛人結婚了、朋友背叛了、公司裁員了、餐廳滿座了，至少還有你自己；風吹散了你的計劃，但有風便有𢃇可駛，便有下一個目的地。

不用活到一把年紀，都要知道世事無常，無常所以當你以為無路可走，但未必；無常是你以為自己會孤獨終老，但未必；無常是你以為梁特一定會連任，但未必；無常是我以為《綠豆》之後，《瑪嘉烈與大衛》系列應該完了，但未必。

全因為電視版的《綠豆》，才會有《絲絲》的出現，因為電視上Diamond這個角色令到我覺得有延續的價值；也是因為電視版《前度》，角色與角色間的絲絲，為這個故事線導航。

你可能不知道我在說甚麼，但我不管你們喜不喜歡，不用活到一把年紀，都要知道活著不是為了取悅別人，自己喜歡就好了；但如果你們喜歡，那就是錦上添花。

至於，《絲絲》之後，還有沒有然後？世事是無常的，我怎麼知道？

南方舞廳

瑪嘉烈與大衛的絲絲

目錄

目錄

目錄

目錄

生日是一個很好的藉口。那是一個大吃大喝的藉口，消一個平日不消的費的藉口，生日是放縱的機會。因為這個特別日子，人與人之間的關係也會拉近，趁著生日，可以破想破的冰、討好想討好的人，因為生日，所有目的都變得不著痕跡。

大衛從來都不喜歡生日派對，自己的、別人的，都一概不愛。自己生日，他只想靜靜的過，平安就是福，有朋友邀約吃飯已是最好的節目，但免得過他又不想朋友破費，到了朋友生日，自己又一樣要和人家慶祝，這種往來其實不必要，幸好他的朋友不多。

他不明白為甚麼有人那麼愛生日會，當生日之星，最疲累的是全晚都要笑著，更要在眾人目光之下切蛋糕，接受大家歡呼，好像選到港姐一樣。大衛不喜歡去生日會，但今晚有一個生日會等著他。

收到邀請時，他有點愕然，前度請自己去生日派對，有兩種可能：一，情已逝，但大家還是朋友；二，想藉著大日子，保持聯絡。究竟是哪一種？大衛不想猜測，他只需要考慮，去或不去？

假如，他決定去的話，他需要一份生日禮物，買甚麼好呢？

最好的生日禮物永遠都是親手造的，不過我們會親手為人做禮物的次數不會多，在人生頭一、兩次戀愛，多數在心智未成熟之時，都樂於為喜歡的人花心機、時間；親手焗一個蛋糕、畫一張卡、編織一件毛衣、寫一首詩，一邊做，一邊幻想對方收到時的場面，胸有成竹。

大衛都試過這種成竹在胸的感覺，那次他寫了一張卡，夾在禮物裏，一併送上。送之前，他一直在幻想，她拆開時會有多麼的感動，甚至會可能立即擁著他，送上一吻。幻想和現實總有些距離的，大衛記得瑪嘉烈很喜歡那份禮物，但當她打開那張卡時，卻「嗶」一聲笑了出來；當時的大衛只能苦笑，裝作若無其事。

言歸正傳，應該買甚麼禮物呢？

這種場合，送甚麼其實跟送與不送，根本沒有分別，如拜年，總會收到一盒二盒的糖果，會介意那些糖果由誰送嗎？這些禮是禮貌，不需心思的，而且也不想那禮物顯得太特別，不想對方覺得自己為他特別花心思。

其實，揀一份禮物也有這麼多內心掙扎，心思已花，騙得人，騙不到自己，大衛有一下氣餒。隨便買吧，生日派對，買一瓶酒？不不不，酒，耐放，幾十年也沒有問題，分分鐘變陳年佳釀，大衛不想自己送的禮物能維持幾十年的生命，而到最後，對方會在下一次大掃除時發現，不會記得那應該是一份禮物，更加不會記得是誰送的禮。大衛想那份禮物如鮮花，過幾天便會凋謝，水過無痕就最好。

嗯，大衛決定買一盒朱古力。

走進一家連鎖名牌朱古力店，少女售貨員一見有客人，便對著微笑：

「先生，有甚麼幫到你？」

大衛遇上這種問題，他都會不作聲，然後自己繼續揀，但今次他想盡快完事。

「我想買一盒朱古力。」

「哈哈，當然啦，我們這裏也只有朱古力。」聘請這些青春少艾就是有倒米的危機，幸好大衛是一個很好脾氣的人。

「先生是送禮嗎？」

「對，朋友生日。」

「你朋友喜歡甚麼味道的朱古力？少少苦的？重奶味的？生果味的我們也有，我們最出名的是橙皮味，你朋友喜歡甚麼？」少女連珠砲發的發問，把大衛考起了。

「朋友喜歡甚麼？」這句說話闖進了大衛心中，然後感到他的心被人揑了一下。

原來，他還沒有和瑪嘉烈討論過朱古力，他從來都不知道瑪嘉烈喜歡吃甚麼味道的朱古力；「朋友」，原來他和瑪嘉烈現在只是朋友。

到最後都是那位售貨員為他選了一個雜錦組合，大衛看到其中一顆朱古力是心形的，有一刻他想叫停，想了想又覺沒有所謂，沒有可能因為一顆心形朱古力便想入非非，神經病嗎？既然禮物都買了，大衛決定去看一看瑪嘉烈。

大衛拿著那盒朱古力，心裏有點忐忑，待會見到她的時候，應該做一個怎樣的表情呢？

明年今日 未見你一年 誰捨得改變
離開你六十年 但願能認得出你的子女
臨別亦聽得到你講再見

大衛一上的士便播放這首歌，他知道有機會見瑪嘉烈時就一直想起這首歌。不經不覺他們都分開了……多久呢？大衛對這件事的時間觀念有一點模糊，他們好像不久前才分開，但又好像過了很久，還是因為他們在一起的時間和分開沒有分別呢？

分開以後，他們很少聯絡，分開的初期只是有一些私人物品交收的約會；畢竟同居過就有這種麻煩，有些人明明自己要分手，但卻賴死不走，衫褲鞋襪、唱片、紅酒，總是搬極也搬不走，連銀行信件的郵寄地址也不更改，要舊情人幫他繼續收信。

瑪嘉烈最後也沒有搬走所有，她只對大衛說，沒有拿走的都不重要，幫她丟了便算，但她很快把聯絡銀行的地址改了。

又過了一段日子，瑪嘉烈完全消失在大衛的生命中，大衛覺得瑪嘉烈是故意這樣做，再見亦是朋友，不是一下子的事情，況且大衛沒有興趣和瑪嘉烈做朋友。直到上星期，大衛收到瑪嘉烈的邀請；他可以不去的，但大衛身不由己，他的心想去。

生日會在一家高級餐廳舉行，大衛特意選擇在晚飯過後，午夜之前才去，他只是想去放低那盒朱古力，見瑪嘉烈一面。

大衛一踏進那家餐廳已經後悔，因為很嘈，人聲、音樂聲，各不相讓，而且眼前一個人也不認識，當然看不到瑪嘉烈。所有人都是拿著酒杯，行來行去，燈光又暗，大衛好不容易找到一個角落，他只站在那裏，看著周圍，嘗試找尋瑪嘉烈。過了幾分鐘，情況仍然是這樣，正當大衛想離開之際，全場燈光忽然熄了，然後聽到群眾歡呼和拍手，接著不遠處便有一團黃光，緩緩出場，切餅時間到了。

大衛循燈光的方向看，那不就是瑪嘉烈嗎？她站在蛋糕前面，笑容仍然燦爛，朋友為她唱生日歌，然後她閉上眼許願，然後有人遞上刀來，讓她切蛋糕，忽然又有人起哄，不知在哪裏一個男人走了出來；大衛看到瑪嘉烈的笑容更燦爛。

那個男人，站在瑪嘉烈身旁，著她切蛋糕，還細心的把蛋糕的 Happy Birthday 牌移好，面向鏡頭，方便拍照；然後那個男人把手搭在瑪嘉烈的肩膀，然後他給瑪嘉烈送上一吻，那是一個熱吻。

大衛一直看著這一幕，他細心的感受自己的感受，他發覺他的心沒有被捏著的感覺，奇怪。他以為他應該會皺一下眉頭。

那個男人，身形很不錯，看得出有線條，雖然不是高大威猛，但頭髮濃密，一身的古銅色。大衛唯一不喜歡的就是他把太陽眼鏡架在頭上，除非是基佬，否則大衛覺得沒有男人應該把太陽眼鏡架在頭上，何況這是室內地方和夜晚。

瑪嘉烈交了新男朋友，這是她邀請大衛來的目的，她想告訴他。為甚麼呢？為甚麼有些人會以為前度會在意他們是否有新歡？那是想前度死了條心，還是想刺激前度一下，鼓勵他們再來爭取？瑪嘉烈大抵是想大衛徹底忘記她，不要懷有復合的奢望。這也不枉，至少瑪嘉烈知道大衛對她的愛有多深，真的，大衛心裏一直都幻想過復合，但現在這個場面，也是他意料之中的；正如，瑪嘉烈知道大衛有多愛她，他也知道瑪嘉烈有多喜歡戀愛。

這樣互相了解的一對情侶，也不一定能結合，這就是愛情吊詭的地方。

大衛隨便把朱古力放低，悄悄地離開了。

花事了

說分手是很難的，大衛一直這樣認為，至少他自己從來也沒有對誰說過：「我們分手吧。」明明不愛那個人，雖然不愛，但只要還有一點點喜歡，只要對方不令自己討厭，犯不著要做劊子手。大衛就是這種人，他覺得那段感情遲早都步向死亡，慢慢自然死亡，總好過自己去拔喉，況且他又不是趕下場，非必要他也不會提分手，對方見自己興趣度減低了，也懂看眉頭眼額，識趣的離場。

不過，瑪嘉烈卻是一個爽快、俐落的人，大衛就是喜歡她這一點。大衛早有預感，瑪嘉烈會和他分開，應該是說不會和他終老。

和一個人一起，那個人是否自己的終身伴侶，在相處了一段短時間之後，自己應該心中有數。大衛最初和瑪嘉烈一起時，他心裏的確希望自己可以陪著瑪嘉烈走到最後，是他陪瑪嘉烈，不是瑪嘉烈陪他，這當中是有分別的。你愛那個人，只想待在他身邊，為他擋風遮雨、排難解憂，他的快樂就是自己的快樂，大衛的確是這樣想，能夠被自己愛的人需要，何嘗不是一種福氣？

相處到了某一個階段，大衛開始感到瑪嘉烈的世界很大，自己的世界卻很小，她有很多朋友、很多節目，而他，只得她。一段關係以這一種不健康的比例發展，是不能發展下去的。

大衛記得那一天，瑪嘉烈約他回家吃晚飯。

「今晚回家吃飯好嗎？」瑪嘉烈在電話裏這樣說。

「吃飯？」他已記不起上一次瑪嘉烈約他吃飯是甚麼時候，大衛有點愕然。

「對。」

「……那想吃甚麼？」

瑪嘉烈大抵沒有想到，大衛還是這個反應，所以她不懂反應。

「怎麼？叫外賣？叫外賣不用約吧，回來才叫便可以。」換著是以前的大衛，他會提議打邊爐，然後快快樂樂去張羅。

「嗯，好吧，待會見。」瑪嘉烈匆匆掛線。

在等瑪嘉烈回家的那幾個小時，大衛想過幾千個藉口，讓自己避開這場晚飯，原來和朋友有約、原來要去睇牙、剪髮、屋企忽然有事，又甚或自己忽然要去睇醫生，大衛很想逃避；但是，避得一次，避不開第二次。他沒有抱著僥倖的心態，他知道瑪嘉烈有話對他說。

大衛記得，當時他表現得很冷靜，瑪嘉烈用鎖匙打開大門時，他背著大門坐在梳化，開著電視，當然他甚麼也聽不進耳、看不入眼，他就這樣坐著，沒有人知道他心裏其實害怕得要命。

做了幾十年人，只不過是分手，怎會那麼害怕？愛的人曾經闖進自己的生命，到最後要離開，這其實是一個定律，總有一個人會先走，就算兩情相悅，到最後都會分開，想通了，其實沒有甚麼好怕。

大衛一直幻想，瑪嘉烈會如何開口，她應該沒有多餘的開場白，想不到，她是這樣說：

「我們叫甚麼外賣？」

實在太令人失望，怎麼會這樣？她不是應該劈頭就把話說清楚嗎？她應該對他說：「我們完了。」、「分開吧。」、「我想分手。」諸如此類，而不是「我們叫甚麼外賣？」

大衛有點按捺不住，但若果瑪嘉烈今晚只不過真的想和他吃一頓飯呢？

大衛聽到瑪嘉烈這樣說，他轉身看著瑪嘉烈，二人四目交投，大家都看到對方面上是沒有任何表情。以往的激情、關心、愉悅，去了哪兒？

以前，大衛一看到瑪嘉烈，他會從心裏笑出來，現在呢？

「我不肚餓。」這是大衛的答案。

那一晚，他們都沒有吃晚飯，第二天，瑪嘉烈便搬走了。

完結一段感情，不過是這樣，不會流血，沒有誰會要誰的命，大家各自從頭來過，就這樣而已。

離開了生日會現場之後，大衛感到體內有種翻騰的感覺，在回家途中他已不停的上面書，看看瑪嘉烈戶口的動靜，他期望瑪嘉烈會貼一些生日會的相片，甚至做直播；不過他只看到誰誰誰為瑪嘉烈送上生日祝福。瑪嘉烈站在蛋糕前的樣子，一直在大衛的腦內迴盪，記憶之中他沒有和瑪嘉烈辦過生日會，二人的生日都只是兩口子一起過，原來她這麼愛熱鬧。

那一晚，瑪嘉烈沒有說不愛大衛，也沒有說要分開、各走各路、性格不合、做朋友比較好。

「我想搬走。」瑪嘉烈的語氣很平靜，不過她的眼神出賣了她。大衛從來沒有見過瑪嘉烈的眼神這麼複雜，由哀怨，到閃躲，到不耐煩，她的心情一定很糾結。

他們是如何走到這一步呢？是中途誰做了甚麼，誰做錯了甚麼，而有這個結果？大衛記不起，或者不想記起了。一段感情，不能走到最後，有很多原因，不會是單方面的責任，也未必有人出錯。大衛愛瑪嘉烈，是毫無疑問的，但也不是沒有動搖過，動搖不是指變心，而是他想自己愛她少一點。

「嗯，甚麼時候搬？」大衛比瑪嘉烈更冷靜。

瑪嘉烈看著大衛沒有回答。

「要不要我幫手？」大衛繼續問。

他不是想諷刺、揶揄瑪嘉烈，他從頭到尾都只是想給瑪嘉烈她想要的。然後，大衛看到一個很吊詭的畫面，瑪嘉烈看著他，然後怔怔的流下眼淚。大衛留意到，那是她的左眼首先有一滴眼淚滴下，慢慢的從眼眶溢出，之後那滴淚便如滑梯般，滑落她的面頰，去到了下巴附近又急剎停，懸垂著。

這個世界，反地心吸力是存在的。殺人者比被殺者先痛苦、說分手的人比被分手的先傷心；大衛在想，對上一次看到瑪嘉烈流淚是因為甚麼事呢？

瑪嘉烈很易哭，但通常是看電視劇、電影時會輕輕的流淚，大衛原來沒有見過瑪嘉烈認真的哭。那都是好事，即是說她和大衛一起時，大部分時間是沒有憂愁的。

大衛看著面前的瑪嘉烈，他遲疑了兩秒才轉身，去拿紙巾。那兩秒的遲疑，大衛是在考慮他究竟應該反應還是不反應。有一秒，他想行前，為瑪嘉烈抹去她的眼淚，下一秒他看著她的右眼，原來人類流淚可以是單眼的。瑪嘉烈的右眼沒有眼淚，大衛即時想到，一腳踏兩船是需要高度的技巧，做得不好，難怪左右不平衡。

瑪嘉烈接過大衛遞上的紙巾，輕輕拭去自己的眼淚。

「大衛……」

大衛聽到瑪嘉烈如此的呼喚自己，他不期然，自然的閉上了眼，想必瑪嘉烈看到大衛如此反應，她也沒有把話繼續說下去。

「我明天會上來搬。」說完，瑪嘉烈便離開了他們的家。

大衛還記得，瑪嘉烈走了之後，他去雪櫃拿了罐汽水，他站在廚房的窗前，看著窗外的夜色，那是初秋的一個晚上，空氣夾雜了BBQ的味道，香港人真的很喜歡BBQ，因為BBQ，大衛在那個應該只充斥著瑪嘉烈的時刻，他想起了另一個人，不知那位朋友現在怎樣呢？大衛覺得自己變了，變得懂得怎樣令自己的日子過得快樂一點。

就這樣過了一段日子，再一次見到瑪嘉烈，他沒有特別的雀躍與感慨。

他拿出電話，從WhatsApp的清單找瑪嘉烈的名字，她的名字沉的很低，原來都有不少人在大衛的生活中。最後，大衛都是找不到，唯有在搜尋列中輸入瑪嘉烈的名字，出現了一個沒有訊息紀錄的Chat Box。甚麼時候，他把以前的記錄都刪除掉呢？大衛又想不起了，要刪除和一個人的對話，那個人一定十分之不重要，無關痛癢，或者那是一個他討厭的人，瑪嘉烈有這樣重要或不重要過嗎？

「HBD」。

他發了這個訊息給瑪嘉烈。

瑪嘉烈説要分手之後的第二天，大衛一早便開工，因為他不知道瑪嘉烈甚麼時候會上來收拾細軟，他不想見到這個場面，相信瑪嘉烈也不想見到他，做人最緊要知情識趣、善解人意。

大衛臨出門前，仔細重溫屋內的每個角落，他打開鞋櫃，瑪嘉烈的佔了九成，運動鞋最多，高跟鞋也有幾雙，最搶眼的是一雙黃色的雨靴。瑪嘉烈買回來時，大衛還取笑那一雙雨靴分明就是小學生那種，怎麼會是時裝？有些女士還當這些膠雨靴是日常服飾，烈日當空還會穿著，十分搞笑，大衛提醒過瑪嘉烈，叫她千萬要下雨才著這雙靴。

大衛把鞋櫃關好，然後走了入睡房，打開衣櫃。以香港的斗室來説，一個四門的衣櫃絕對是奢侈品，不過最不打扮的女人，也都需要一個大衣櫃，不打扮不代表不買衫。瑪嘉烈的衣櫃，一打開門就有她的味道，衣上殘留淡淡的香水，看著瑪嘉烈的衣服，大衛好像看到瑪嘉烈就在面前。他用食指，向那一列瑪嘉烈的衣服，打橫的掃了一下，掃到去一件皮褸時，他停了下來。那件皮褸是某年大衛送給她的聖誕禮物，那是紅色的，瑪嘉烈收到的時候，好像不大滿意，因為她覺得紅色不襯她，也不是她喜歡的顏色；但是，她又一直在穿。女人就是這樣子，口裏說不愛，但又不一定；想起以往的種種，大衛想找一張紙。

原來，對於一個沒有寫字需要的家庭，很難在家裏找到一張白紙。大衛明明記得，他應該有一本記事簿，是Z年前和瑪嘉烈行無印良品時買的，瑪嘉烈還問他為甚麼要買簿，他說因為那本簿全是白色，很漂亮，瑪嘉烈反了一下白眼。那本簿去了哪裏呢？

大衛是一個很有手尾的人，就是因為他很怕要找一件物件時，想找卻找不到，他會抓狂的。屋裏有一個雜物櫃，裏面放的當然是雜物，例如：拖板、牛皮膠紙、沒有用的遙控器、不同長度的紅、白、黃線、電芯……但就是找不到那本記事簿。

大衛頹然地坐在地上，那一刻他有點洩氣，找本簿這麼簡單的事，也要遭遇挫折，世事有甚麼是易的？

他隨手找來一個銀行信的信封，撕出背面空白的那邊，他想寫低一些説話；幸好他還找到一支筆。寫好了之後，大衛把那張紙左摺右摺，把紙摺成一個小四方形，然後把這個四方形，放進那件紅色皮褸的袋裏。

大衛還是有話想告訴瑪嘉烈。

然後，他將屋內的每個部分都拍了一張照片，衣櫃、鞋櫃、廚櫃，因為他知道，再回來的時候，這個家將會不再一樣。

大衛覺得自己真的不爭氣，明明早有準備，但心底裏還是害怕接受。他不敢回家看到瑪嘉烈搬走後的「遺址」。他駕著的士漫無目的在兜圈，其實這種感覺很討厭，為甚麼要這樣浪費自己的人生？她會知道嗎？就算知道她又會在意嗎？

大衛輕輕推開家的大門，只開了一條小罅隙便不敢再推，這種感覺如像把甲由殺了之後，去收拾屍首時的感覺，雖然用了整卷廁紙去覆蓋屍體，但是要用手去拾起時，仍然生怕那昆蟲會番生。

不知是否陰影太重，大門好像被屋內的物件堵住，不能盡開，大衛唯有側身攝入屋；在門後的是一堆鞋盒。

大衛呆呆的望著那堆不同形狀、不同顏色的鞋盒，莫名其妙。去旅行瘋狂購物過後，到最後執拾行李時，總會捨棄一些鞋盒，瑪嘉烈待這個家真的如酒店。大衛將那堆鞋盒疊得整整齊齊，然後他為這堆鞋盒拍了一張照片，他想清楚記得瑪嘉烈遺留的屍首。

除了那一堆鞋盒，床上還有一堆衣架，瑪嘉烈把她那邊的衣櫃清空了，大衛又把那些衣架逐隻掛回衣櫃裏。似乎，除了衣服和鞋，瑪嘉烈沒有拿走其他物件，例如唱片在、書本在、DVD在，砂煲罌罉都在，他們的合照都在，瑪嘉烈卻不在。

對於塵埃，大衛有點敏感，在大塵的環境，他的喉嚨會有反應，身體不會說謊。

大衛之前買了一部心儀已久的吸塵機，有不同的吸頭，可以吸地氈、地板、梳化，最重要的是這部吸塵機用鋰電池，無需要電線的。買了回來之後，一直未拆開，因為瑪嘉烈說舊的那一部仍在，為何貪新忘舊呢？其實電器很少會用到壞才換，瑪嘉烈有時對事情的概念有點奇怪，往往好像用錯了地方。

大衛安裝好新的吸塵機，痛痛快快的全屋走了一遍，每一條罅都吸得徹徹底底，他想吸走的不只是塵，還有其他，還有所有。看看鐘，已經是凌晨三點，幸好鄰居沒有投訴。大衛累極上床，他閉上眼，然後張開眼，他想換床單。

再望向窗外的時候，他看到雲層交疊之間的那一道光，黑夜離開，光明來到之前的一線光。

大衛嘆了一口氣，他把電話關掉，決定先睡一會。

大衛不記得那段日子是怎樣過的。

其實一切如常，大衛每一天都會如常揸的士，只不過開工的時間比以前規律，他規定自己每天十點開工，兩點吃午飯，六點收工；後來他覺得六點收工太早，因為太早回家也是無所事事，於是延後至八點；八點收工比較好，在外面完成晚飯，回到家已經九點，不過只是九點，他慢慢的洗澡，看一點無聊的電視節目，十二點上床睡覺，當然睡不著。於是，他又把收工的時間退後到十點，大衛發現他的生理時鐘十分彈性，一直在開工的話，他根本甚麼也不用吃。

食慾不振是一個生理反應，說起來，大衛很久也沒有出現肚餓感，為此他感到有點沮喪。原來，一個人離開你之後，會令你傷心、流淚、失眠之餘，還會令你不肚餓。大衛雖然感到沮喪，但是他不想屈服，他明明是任何時候都在想食物的，而且人類不進食，是會影響身體機能。失戀已經影響了情緒，他不會讓自己為了一個不愛自己的人而消瘦；為情消瘦是一件很過時的事。

每一晚收工，他都要自己去吃一餐才回家；他特意地不去吃車仔麵、生滾粥，那些跟瑪嘉烈去過的地方他都不去。雖然，他很明白會不會想起那個人和睹不睹物是沒有關係的，但這個階段大衛希望給自己多一些選擇；他會去吃一些他平常比較少吃的，譬如煲仔飯、牛肉麵、薄餅、迴轉壽司。現在那些Food Court很先進，各國美食都有不在話下，連鐵板燒也有，大衛也試過，原來鐵板燒是可以一個人吃的。

吃完晚飯，大衛還是不想回家，於是他選擇散步，美其名是散步，實在是遊蕩。起初，大衛真的是漫無目的地亂行，有時明明想轉左，去到最後一刻卻轉了右，有時轉了右之後，又會掉頭轉回左，大衛也不知道自己為甚麼會這樣，究竟自己是三心兩意，還是心神恍惚？

如果可以選擇一個最佳的分手季節，應該是秋天；冬天，萬物蕭瑟，看著枯樹更覺生無可戀；夏天，容易令人精神錯亂，分不清那是眼淚還是汗水；秋天，至少散步也不會流汗。大衛一邊行，一邊有微風吹來，感覺還不錯。遊蕩了一段日子，現在他通常都會沿著回家的路而行，至少有個固定路線和目的地，不會行冤枉路。

散步其實是瑪嘉烈其中一項最喜歡的活動，他一邊行一邊想起瑪嘉烈，由一開始整個行程都是想著她，路走多了，開始會留意周圍的環境。回家的路上經過一排老樹，有一晚大衛發現，原來有一棵樹會長出紅葉；再過了不久，那些紅葉變了黃葉，散落了，大衛沒有感慨，如生老病死一樣，有甚麼好感慨？

大衛愈來愈喜歡走路，他發覺，路走得愈多，那一晚他就愈早睡得著，睡得好，真的很重要。

然後，隱約之中，他又聞到 BBQ 的味道。

回來了

曾經許多次大衛都以為在街上看到 Diamond，有在超市打扮樸素的孤身儷人、在馬路中心擦肩而過的黑超艷影、在花墟看到的懷孕幸福少婦，大衛統統以為她們可能是 Diamond，但沒有一次會上前確認。大衛覺得 Diamond 就算在街上看到他，也不會想和他相認，她是那種要忘記過去，便會徹底忘記的人；懂人情世故的也不好打擾，她要出現時便自然會出現。

但事實上，Diamond 不如大衛所想，要徹底忘記過去，至少不是要徹底忘記他。

在他們最後一次見面之後約半年，大衛第一次收到 Diamond 從手機傳來的相片。那些相片應該是來自天涯海角，要不是一群怪石，就是一座尖山或一個被不知是日出還是日落染黃的海岸線；但就只一張相片，甚麼也沒有寫，一個符號也沒有。

大衛於是意識到，Diamond 又可能回復以前的生活，不停周遊列國，畢竟 Diamond 這個飛行等級，就是要不停的飛才能維持，一旦做過了鑽石級，被降級很難接受的。每次收到相片之後，大衛也試想過認認真真地問她「現在在哪？」、「最近好嗎？」、「回來嗎？」，但最後大衛都打消這個念頭，因為既然 Diamond 甚麼也沒有説，那可能她也不會希望大衛跟她説甚麼；把石頭掉進水裏，未必一定想擊起浪花，泛起輕輕的漣漪也是一個選擇。

但是，收到別人的訊息而不回覆，是一件沒有禮貌的事情，而且大衛也想 Diamond 知道她沒有把相傳去了黑洞。於是大衛選擇用 Icon 回覆，有時是表情，有時是因應相片的內容去表達相關的意思，例如那是一片海，大衛就會選滑水的 Icon，不過 Diamond 收到 Icon 之後，就沒有再回覆。

就這樣，他們以相片和 Icon 溝通，Diamond 的相片絕對是不定時傳來，有時隔三、兩天，有時隔一、兩個月。大衛發現，如果相隔一段比較長的時間仍沒有收到新的相片，他開始會覺得焦急，原來他一直都在期待Diamond的出現。他甚至還在手機開了一個相簿，把那些相片收納在一起，有時候，他會逐張去重溫。現在想起，大概是從那時候開始，他和瑪嘉烈的感情淡了下來。

有一次，大衛臨睡前，忘了把手機滅聲，在清晨時份響起訊息的提示響聲，把瑪嘉烈吵醒了；不過她一個轉身，又再沉沉睡去。大衛拿起手機看，果然是Diamond的訊息，那是一份早餐，有太陽蛋、煙肉、茄汁豆，她一定是在歐洲。

「這麼晚了，是誰？」想不到瑪嘉烈還沒有極速再度進入夢鄉。

如果是電話響，都可以說是搭錯線，但收到訊息，半夜三更，沒有可能是白撞吧。

「沒事，睡吧。」大衛決定不回答，瑪嘉烈睡醒一覺便會忘記。

心不在焉地駕車，其實很危險，好幾次停在紅綠燈前，明明轉了綠燈還在發呆，要後面車的司機狂響安才醒過來。這種情況一直持續，感覺很無助，他想找個醫生看這個病，但心病是頑症，無藥可治，唯有靠時間，但不知需要多少時間。

手機這時候收到訊息。

大衛有一陣鬆弛的感覺，因為他希望那是Diamond傳來的照片，他可以把他的思緒轉移一下。他慢慢的把車停下來，甚至把車熄了，大衛覺得車內的冷氣有點凍，他攪低車窗，呼吸一下真實的空氣。

今天晚上沒有BBQ味，但真的是初秋了，一陣陣微風吹來；大衛拿起手機看，沒有猜錯，的確是Diamond，出現在眼前的仍然是一張相片，不過相中的主角十分熟悉，那是一碗車仔麵，還附有一行文字：我回來了。

「你老了。」這是 Diamond 回來了之後，第一句跟大衛說的話。

眼前的 Diamond 其實跟以前沒有大分別，沒有肥也沒有瘦，連頭髮的長度也差不多，只是皮膚好像曬黑了一點。他們相約在一家咖啡店見面，Diamond 本來提議去吃車仔麵，但是大衛對那種地方還有點過敏。

「你之前去了哪裏？」大衛裝作聽不到她之前說的那句話。

「你知道的。」又說的是，她經常發的那些相片就是她的行蹤。

「那些相片都是你拍的嗎？」

「當然啦，不是我拍，難道是鬼拍嗎？」

「拍得很美。」

「美在哪裏？」

「這個……就是美。」

「你懂甚麼？」Diamond 白了他一眼。

「哪裏最好玩？」

「哪裏都一樣。」

「那你為甚麼去那麼多地方，浪費。」

「不去多些地方，怎麼知道哪裏都一樣呢？」Diamond 真的沒有變。

「那你回來又為了甚麼？」

「大衛。」

「甚麼？」

「你變了，你以前不會問那麼多問題的。」

「人就是會變。」

侍應端來了兩杯咖啡，Diamond 拿起便喝。

「你甚麼時候喝黑咖啡的？」

Diamond 看看自己手上那杯黑咖啡。「我從來都是喝黑咖啡。」

大衛若有所思，然後呷了一口咖啡。

「你又甚麼時候喝黑咖啡？」

「忘記了，有一天醒來，忽然想喝。」

Diamond 揚了揚眉，看著大衛。

「你今次打算回來多久？」大衛問 Diamond。

「甚麼回來多久？這裏是我的家，你打算回家多久？」

「你現在住哪裏？」

「這裏。」

「這裏是酒店，請問誰會當酒店是家呢？」

「CoCo Chanel。」

「Diamond。」

「嗯？」

「你為甚麼不用回本名？」

「我仍然是林美珍，沒有變過。」

「Jean 呢？」

「Jean？」Diamond 停頓了一會兒。

Diamond 拿起小匙羹，攪拌面前的咖啡。

「有時候，我都分不清究竟我應該用哪個名，Jean？還是 Diamond？應該兩個都是。Jean 算是我的原名，但如果用 Jean 這個名去覆蓋我的現在，那麼 Jean 就變成了一個煙幕；而我則是一個不能面對現在的人，所以才需要掩蓋；但我不是這種人，我愛任何時期的自己，所以……我還是 Diamond。」

看著眼前的 Diamond，大衛覺得她有點不同，但又說不出有甚麼不同。

Diamond 約了大衛在酒店見面，她說想和大衛一起試試 High Tea。大衛從來都不喜歡吃甜品，High Tea 更不在話下，三層，每一層都是蛋糕、果撻、三文治，完全提不起興趣。不過，現在大衛甚麼也樂於嘗試，他覺得太固執會損失很多。

大衛到了 Diamond 所住的樓層，門房剛好打掃完其中一個房間，看到大衛便朝他笑一笑，大衛勉強擠出了笑容，他自己也感到自己的面部很生硬，的而且確，很久他也沒有笑過。

大衛用手敲門，他不喜歡門鐘，因為他自己經常被門鐘的響聲嚇得彈起，搬屋的時候他曾經提出過不裝門鐘，但是瑪嘉烈反對，反正她甚麼都反對。大衛再敲了兩下門，仍然沒有人應門。那個 Diamond 是不是又去了甚麼地方，未回來呢？大衛仍然拒絕按門鈴，他選擇給 Diamond 發訊息。

「開門，我在門外。」

半晌，沒有反應。

大衛嘆了一口氣，他今次決定打電話給 Diamond，如今打電話已升級成為緊急才會做的事情，免得過，大衛也不想説話。

電話接通了，同時他聽到房內傳來電話響聲，電話一直響，大衛開始有點擔心，他左手拿著電話，右手繼續敲門。

「你已被接駁到……」房內的電話響聲也沒有了。

「Diamond！Diamond！」大衛繼續敲門。

剛才經過的門房這個時候再度經過，她以疑惑的眼光看著大衛。

「小姐，你可不可以幫我打開門？我找不到我的朋友！」

門房停了下來，仍然以疑惑的眼神看著大衛，然後看看亮著的「do not disturb」的燈號。

「你還不開門，萬一她有甚麼三長兩短、搞出人命，那這裏就會變做猛鬼酒店，你不怕鬼便繼續做，怕鬼的話，你快快找過一份新工，不過經濟那麼差，不是那麼容易找到工作的。」大衛也有口若懸河的一面。

大抵門房既怕鬼也怕要找新工，於是快快的把門打開，大衛立即一個箭步衝進房裏，Diamond 就躺在床上，動也不動。

「Diamond！Diamond！」大衛走上前，輕輕拍她的面，沒有反應。

門房站在旁邊，嚇得呆了。

「你站在這裏幹甚麼？報警吧！」

門房拿起電話，她不是直接打 999，而是打去大堂。

「想找大堂經理，這裏是房間 2001……」

「你打 999 啦，找經理做甚麼？」大衛很久沒有以這個分貝說話。

就在這時候，Diamond 悠悠醒來，她惺忪睡眼看著大衛。

「你這麼吵幹嗎？」

大衛呆呆的看著 Diamond。

「為甚麼你的樣子那麼緊張？」Diamond 一臉無辜。

看著眼前的 Diamond，大衛展露出久違了的笑容。

「沒事了吧。」最冷靜的是門房，她沒好氣的看看這位客人，然後退出房間。

「沒事了，勞煩了。」大衛有點不好意思。

「你睡到現在？」大衛立即質問 Diamond。

Diamond 落床，有點步履不穩，她走進洗手間不知在找甚麼。

「我知道了。」她拿著一排藥走出來。

「我食了這個。」她把藥拋向大衛。

「我頭痛，於是找止痛藥，怎知吃了一隻有安眠藥成份的。」

大衛看看手上的藥，覺得難以置信。

「你吃藥，要先看清楚，萬一這不是有安眠藥成份，是瀉藥，那怎麼辦？」

「要怎麼辦？瀉藥不會死人的，真的吃了當作清腸胃。」

「你不舒服嗎？頭痛？」大衛走到水吧，倒了一杯水。

「不知道，現在睡了一覺，好多了。」

大衛把水遞給 Diamond。

「謝謝，你甚麼時候變得那麼體貼我？」

「我幫你沖走你的安眠藥，免得你又再睡著。」

「嘻嘻。」Diamond 接過那杯水，一飲而盡。

大衛覺得現在的自己和以往的自己有點不同，不是蛻變那種，是有種重組過程進行中的感覺，每逢他做了一樣他以前很少做的事，例如：一早起身去跑步、吃完早餐才刷牙，他會覺得體內的肋骨在調位、血液在翻騰，有時還會聽到身體某部分在喀喀作響，他深信自己整個人在重組，而他更希望他的人生在重組，不知甚麼時候可以完成呢？

他和 Diamond 上了酒店頂樓「High Tea」。

「這裏環境不錯的。」Diamond 指指戶外的泳池。

「你想坐裏面還是外面？」

「又沒有比堅尼女郎，坐裏面吧。」說完之後，大衛又立時改變主意。

「不好，有些微風，還是坐外面好。」

「你甚麼時開始喜歡吹風？」

二人坐在一張半圓形的梳化，面向著泳池，附近有兩枱客人，一枱是幾對年輕夫婦，另一枱是幾個中女，中女們似乎喝多了，說話很大聲，大衛最怕說話大聲的女人，一坐下來便皺眉。

「怎麼了？嫌棄人家？」Diamond準會看到人家的眉頭眼額，這是她的長處。一個懂得人情世故的女人，通常都可以把男人留住，為甚麼她又會分手呢？

「女人喝醉酒真的很恐怖。」大衛看著那堆中女說。

「你別理人家，可能她們一星期六天都要返工、買餸、湊仔、煮飯呢！難得一天約朋友出來發洩一下好正常。」女人總是會幫女人說話。

大衛不置可否。

Diamond似乎是這裏的熟客，只見她朝酒保點了點頭，轉眼酒保便調好兩杯雞尾酒放在他們面前。

「你的安眠藥散了沒有？那麼快喝酒？」

「散啦，甚麼都散了，那有這麼長久？Cheers！」Diamond 拿起了酒杯。

大衛無奈地拿起了酒杯，輕輕和 Diamond 碰了一碰，Diamond 滿意地笑了。

「西瓜味的，這有酒的嗎？」大衛呷了一口。

「做甚麼？你現在很喜歡喝酒嗎？」

大衛看了看 Diamond 那杯酒，那是透明的，透明的酒通常都令人很易醉。

「你喝甚麼？」

「很煩，我的是 Dirty Martini，你的是西瓜 Martini，明白了沒有？」

「你覺得我會很易醉嗎？」

「我不知道，可能隔了這麼久，你已變成酒仙呢？但我只是知道你不會喜歡這種苦澀的味道。」

大衛拿起Diamond那杯Dirty Martini呷了一口。這種很濃的酒精味，究竟有甚麼吸引呢？大衛不是很易醉，但他就是不明白這種一點也不可口的烈酒的可愛之處在哪？

「怎麼了？不喜歡對嗎？」Diamond又看穿了大衛。

「你真的覺得好喝？」大衛問Diamond。

「還不錯，夠烈。」

大衛聽到那個「烈」字，可能這是他不喜歡烈酒的原因，他忽爾又沉寂了下來，他怪自己太敏感，雖然他不再有特別難過的感覺，但是甚麼時候才不會再聯想起瑪嘉烈呢？

「你不會喜歡的，因為太烈，對嗎？」甚麼時候，Diamond甚麼都看得穿？

大衛沉默不語。

「Ronald，怎麼你調的酒愈來愈濃？」Diamond對酒保說。

「因為你愈來愈早，Early Bird 優惠。」酒保和顧客的對話都是一個模式。

「這是我朋友，大衛。」

怎麼還要介紹？怎麼 Diamond 好像已有點醉意？

那位酒保和大衛點一點頭，且收起了笑容，可能他只對異性笑，但大衛反而覺得舒服，酒保收起笑容那一刻，樣子帶點認真，可想而知他只是與熟客說話時才會是那個態度。

「大衛。」Diamond 忽然叫他的名字。

「Diamond。」大衛這樣回應。

Diamond 一手托著頭，直視著大衛，大衛看到她的眼神有一種熟悉的感覺。

Diamond 要求上大衛的家。大衛非常抗拒招呼朋友回家，除了不想惹塵埃，更怕暴露自己的私人空間。有些人很不識趣的，去到人家屋企每項裝修，每件擺設，會逐項點評，簡直是自找痲煩。但是，Diamond 又不是這些人，又或者就是她真的反客為主，大衛也不會介意，他分得出有時候 Diamond 的活潑是裝出來的。

她要上大衛家是有目的的，因為她想煮飯，Diamond 應該厭倦了吃 Room Service。

大衛的家很久也沒有第二個人出現，更別說有人會在廚房煮飯。

Diamond 和大衛去街市買餸，他們站在魚檔前揀海鮮。

「你家裏有沒有一層層的蒸籠？」

「蒸籠？不知道，你蒸甚麼？」

「蒸海鮮囉。」

「蒸海鮮，用鑊可以啦。」

「我想整一層層的蒸海鮮，最底層是粥，上層在蒸海鮮時那些汁會滴進粥底那種。」

「聽起來似會肚痛。簡簡單單可以啦。」

「那你想吃甚麼？」

「蒸魚吧。」

「那條好不好？」Diamond 指著一條已被撈出來放在攤檔前，作點點垂死掙扎的魚。

「那就死了吧。」

「游水魚很貴的，這差不多死的價錢比較平，信我不會差很遠的。」

Diamond 就買了那條垂死的魚，大衛其實也沒有甚麼所謂，他應該分不出死亡時間相差半小時的魚的味道，或許根本沒有分別。

打開大門的剎那，大衛竟然有點緊張，他已有一段長時間沒有這種緊張的感覺，緊張是因為這間屋有客人？還是因為客人是Diamond，大衛還不知道。Diamond入到屋便走近窗邊，然後逐隻窗打開，再往窗外探探頭。

「小姐，你來驗窗的嗎？」

「你很久沒開窗嗎？」

大衛的確很少開窗，這個城市由四月起便開始潮濕，大衛怕熱，要完全進入冬天，才會放棄空調；到了冬天的時候，自然又不用開太多窗，最重要的是，大衛經常幻想，若果開了窗會有些甚麼怪物從外面飛進來，所以Diamond說得沒錯，他的家很少開窗。

「開冷氣吧。」大衛拿起冷氣機的遙控，想Diamond快點把窗關掉。

「開窗吧！一點也不熱，你說你現在有沒有出汗？」Diamond反抗，一手把遙控器搶了過來。

大衛實在拿她沒法，他可以做的只是把完全推開了的窗，拉回一點來。

Diamond 之後就一直在廚房，大衛也沒有理她。

「原來你有焗爐，龍蝦你想焗還是蒸？」

大衛走進廚房，看到 Diamond 正在努力劏龍蝦。

「你喜歡吧，我沒有甚麼所謂。」

Diamond 聽到大衛聲音，回頭看著他。

「你進來做甚麼？」

「你問我問題嘛，難道你想我 WhatsApp 回覆你？」

「我不想你看到我殺生。」

大衛失笑。「怕甚麼呢？又不是殺人，又不會濺血。」

Diamond 不語，繼續劏龍蝦。

「龍蝦不因你而死，也會因別人而死，況且我有份食，要作孽的話，一起作吧。」

「哈哈，又說得太嚴重。焗好不好？」

「好。」

「要不要加芝士？」

「都好。」

「出去等吃吧。」

Diamond 蒸了一條魚、芝士焗龍蝦，再炒了一碟菜芯；看到餐桌上的食物，大衛不自覺的深呼吸了一下。

「怎麼了，很緊張嗎？」

「不是，不是。」大衛回過神來。

Diamond 大抵猜到他心裏在想甚麼，也不再追問。

「試試條魚蒸得好不好。」Diamond 起筷，夾了一些給大衛。

大衛試了一口，點了點頭。

「好吃吧。」Diamond 一臉笑意。

「好。」

「你家裏有沒有酒？」Diamond環顧客廳。
「這個……我找找看。」
大衛走進廚房，他打開雪櫃，看到一排可口可樂，他撥開那些可樂，只見隱身在後面的一罐啤酒，大衛一陣遲疑。
「怎麼了？」在他身後的Diamond問道。
「只有啤酒。」但大衛沒有拿出來的意欲。
「啤酒……」
「你不喝啤酒的嗎？」
「平時不喝……今天例外！」
Diamond二話不說，推開了大衛，把啤酒拿了出來，隨手拉開了啤酒蓋。
「一人一半。」Diamond說。
看著黃金色的啤酒注入杯中，看著漸漸冒起的啤酒泡，大衛有釋放的感覺，這罐啤酒是從前他買給瑪嘉烈的。

自由式

今年的奧運在巴西舉行，因為時差關係，不少比賽進行的時間是在香港的深宵，市面上對奧運的火熱程度難免比往年減低，不過無損大衛看奧運的興趣，湊巧地 Diamond 對奧運也興致勃勃。

大衛最喜歡看的項目是跳水，他本身畏高，看著運動員站在三米高台，還要做倒立，已經夠刺激，加上空中轉體，入水一刻，水花零星，真是搵命搏的運動。

這晚 Diamond 邀請大衛到酒店一起看跳水決賽，Diamond 對跳水的興趣不算狂熱，她喜歡看的是那些運動員的肌肉，國籍不拘，似朱古力便可以。

雖然，這是金牌戰，但是跳水不是田徑、排球、游泳，不用分秒必爭，刺激度也不算太過，而且比賽進行了四分三已經大概可以知道冠軍誰屬，尤其是當有一些參賽選手特別超班，勝負早已定。像今年這場比賽，中國選手幾乎是一枝獨秀，運動比賽只有贏得金牌才有意思，第二、第三都不是第一。

知道了大局已定，大衛便開始沒有耐性，拿著電視遙控不停轉台。在酒店看奧運的最大好處，是不只得一個電視台選擇，同時可以看到其他國家的頻道，恰巧轉到一個頻道正在播放游泳節目，大衛又定神觀看。

「為甚麼轉台，這是甚麼？」吃著薯片的 Diamond 問大衛。

「游泳初賽吧。」

「你喜歡看游泳？」

「喜歡。」

「我也喜歡。」

「你只看男人的肌肉。」

「不，我喜歡菲比斯。」

「他現在不叫菲比斯，叫費爾普斯，你說菲比斯沒有人明白的。」

「像維珍尼亞，變弗吉尼亞？醜怪！」

大衛但笑不語，另有所想。

「我也喜歡菲比斯，當年想過去學游泳也是因為他。」

「想過？你不懂游泳嗎？」

大衛沒有回答。

「怎麼有人不懂游泳？」

大衛轉過身來看著 Diamond。「不懂游泳，又有甚麼問題？」

「真巧合，我也不懂。」Diamond 看著大衛，嫣然一笑。

大衛不相信，他會答應 Diamond 去學游泳，但他又知道這是那重組大衛的過程，今次是關節在調動。

Diamond 找來一個私人教練，課堂在一個私人會所的泳池進行，Diamond 告訴他，一星期上三堂，每堂半小時。

「半小時？」大衛訝異。

「你覺得多還是少？」

「太少了吧，熱身都已經十五分鐘。」

「你真懂得倒錢落鹹水海，熱身當然是之前做吧！」

「真的不明白，為甚麼你會不懂得游泳。」大衛扯開話題。

「你呢？」

「我屋企沒有一個人懂得游泳，你呢？」

「我一直等待有一天跌落海，會有個放棄救他母親的人來救我，但我知道，這個人應該不會出現，所以都是時候學游泳。」

「那麼悲觀？不過，凡事靠自己是最好的。」

這是一個奧林匹克的標準游泳池，大衛看到那水深，有一點怯，不過在泳池旁邊有一個救生員，看來頗安全。Diamond 一早就到了在一旁拉筋，看來她滿有決心，真的想學懂游泳。

有些看似必然的事情，原來又未必，身形修長且纖瘦的女性，跟這種簡單又健康的活動未必掛鈎；大衛也以為游泳教練一定是一個膚色如朱古力、擁有四十二吋胸肌的男子漢，但是出現在面前的是一個青春可人兒，Diamond說她上一屆曾代表香港參加奧運。

「通常初學都是學蛙式……」教練如是說。

「我要學自由式。」Diamond十分堅決。

教練沒甚麼反應，想必也面對過很多蠻不講理的學生或他們的家長，她只是微微一笑說：「好的，不過這可能要多花一點時間。」

生意最重要，有甚麼要求不可以滿足？Diamond總喜歡越級挑戰，把目標定得高一點，到時不達標也不是太過失禮。大衛也是一樣，當年他也是拒絕學蛙式而堅持要學自由式。有人說，一旦學懂了游泳便不會忘記，大衛其實懂得自由式，但是已有很多年沒有下過水，他當自己重新學習，忘記過去，由零開始。

一旦學會了浮，以後也不懂得沉；如果人生是這樣就好了，只可惜人生不是游泳那麼單純。

大衛現在才知道要裝作不懂得一種自己已懂得的技能是很困難的，至少很快便被游泳教練識穿。

「是陪女朋友來學吧？」教練這樣問。

「不是。」大衛看著獨自在泳池練習的 Diamond，只學了三數堂，她幾乎已經能游四分一個泳池，只是姿勢還不是太正確。

「她也學得很快，可能她本身已有根底，跟你一樣。」

大衛轉過頭來看著教練，才發現她一直看著自己說話，所以她應該也一直看到自己看著 Diamond 游泳。

「她資質高吧。」他最怕別人在他面前暗示而不直言，好像發現了甚麼秘密，又裝作為你保守。

這時，Diamond 完成了她的練習。

「為甚麼你不落水？」Diamond 問大衛。

「學習有分實踐和理論，今天上理論課。」

「懶就是懶，想想吃甚麼，很肚餓。」說完，她便往更衣室走去，又再剩下教練和大衛。

「大衛是中文名還是英文名？」教練似乎意猶未盡。

「我有個朋友叫瑪嘉烈，但她不姓馬，你也沒可能姓大吧。」

「花名。」大衛裝作聽不到，起身便走。

那個瑪嘉烈應該不是同一個瑪嘉烈，因為這個主動的教練和瑪嘉烈的年齡層不一樣，但年齡有距離便不會認識嗎？可能她是她朋友的妹妹，在一次大夥兒的聚會見過；又或者她教過她游泳，不不不，瑪嘉烈的泳術十分精湛；不過瑪嘉烈的確不是姓馬……

就是這樣，有些人你不想記起，但又總有一些情況，無可避免地會迫你記起那些你不想記起的；但凡這種情況發生，大衛也感到沮喪，究竟如何能完全忘記一個人？沮喪不是因為記起，是因為自己還會有「噢，又想起她了。」的反應。

如果那個人沒有特別，當你想起他時，只會如想起很久沒有去大家樂一樣，轉頭又會忘記，不會提醒自己「噢，我又想起大家樂。」。那個人、那件事、那個地方如果和千千萬萬的其他沒有分別，便不會在乎自己記起或不記起。

大衛必須承認，瑪嘉烈還未成為那千千萬萬的其他人。

「我們吃甚麼？」

Diamond 身上傳來一陣肥皂香，大衛想起第一次接她的時候，她也是伴著這股味道上車的。當日她身上的肥皂香是帶有神秘的感覺，今天則變得單純，是她的故事變得簡單了嗎？

「你在發甚麼呆？」Diamond 用手肘撞一撞大衛。

「剛做完運動立即吃，會更吸收的。」大衛說。

「我有說要減肥和我有需要減肥嗎？我們去大家樂吧。」

「大家樂？」

「怎麼了？不喜歡？」

有時候，就是會有這種巧合，你剛在心裏想起的，他便會說出口，他剛提起的，轉眼又會出現在你面前，準是會有點心靈相通，或兩個人的軌跡會重疊，這可能是一個訊號，但又可能只是一個訊號而已，並不代表甚麼；但有很多人會被這種巧合誘惑，對號入座，覺得面前應該還有些甚麼可能性。

「我想食焗豬扒飯，大家樂最好吃的……」

這種巧合最近經常出現在他們之間，大衛有留意到，不知道 Diamond 有沒有同感呢？

「但是，巴西豬扒最近有問題，他們暫停賣焗豬。」大衛淡淡然的應對。

「那怎麼辦？」

「我帶你去另一個地方。」大衛覺得最近的食慾開始回來了。

大衛覺得食慾回來的那天，應該是瑪嘉烈生日的翌日，那一晚他回家之後給她發了一個"HBD"的訊息，然後他就把手機關了。因為，若果他不把手機關掉，他恐怕自己一整晚都會期待著她的回覆。

避得到一個晚上，太陽升起時一樣要面對現實。大衛在等待電話重新起動時，他知道自己仍然在期待，不是期待瑪嘉烈會有甚麼熱情的表現，只是期待著他們仍然有著絲絲的聯繫。

不論情人和朋友，若想感情長久，有些事情是絕不能做的，當中首推和錢財有關的項目，例如買樓和做生意；大衛只試過一次，就是跟趙子龍象徵式的合資經營他那架寵物美容車；他投資一輛車，沒有參與任何營運的決定，也不過問利潤，那次合作十分愉快。因為過了不久，趙子龍也賺得比預期更多，找到個更大的投資者讓他擴充營業，大衛也功成身退。

之後，大衛和趙子龍也沒有再見過面。

有這麼一次，大衛的確想找一個朋友見見面，就是他和瑪嘉烈分手之後，那個時刻他很想有人可以和他說說話。原來更不喜歡說話的人，也有想說話的時候，趙子龍是他和瑪嘉烈之間唯一一個共同朋友，大衛真的想有人能明白他的感受。他以前都沒有這種「想和朋友分享心情」的需要，不是順口一提那一種，而是想從頭到尾將事情一次過說出來；從相識到相愛、相處，當中出現的問題、危機，如何了解、化解，瑪嘉烈如何走進、走出自己的世界，大衛想一次過痛痛快快的說一次。他開始明白電影《花樣年華》裏，梁朝偉要對著樹洞說秘密的感受，他第一次覺得有些感受是負載不了，他想替自己的心減磅，更希望說出來之後，可以得到排毒的效果。

不過，到最後他也沒有找趙子龍，大衛把那個要傳給趙子龍的 WhatsApp 訊息寫了又刪、刪了又再寫，始終也放棄了。那段時間，大衛覺得自己有點病，做事情很難集中精神，想好了一件事情要去做，例如跑步，他在腦海中已預演了整個過程，由前一晚已經開始告訴自己，明天一早起床，甚麼也不做，換條褲便衝落街跑步，路線圖也想好了，甚至決定了跑完會去茶餐廳食早餐，他會點沙嗲牛肉麵和熱奶茶。但到了第二天，整個跑步計劃全被推翻，不是不記得，只是沒有去做。這可以解釋為大衛根本不喜歡跑步，勉強自己做運動，畢竟是一件很難的事情，這不是甚麼病，大衛也原諒了自己。

但是，真正令大衛覺得自己有病的是，他有許多次去超級市場，買了半架手推車的貨品，忽然一種討厭的感覺湧上心頭，於是他甚麼也不顧，棄車而逃。這種情況發生了一次之後便經常發生，不管買的貨品是多或是少，總之一旦那種厭惡的感覺湧現，他便要逃走，大衛覺得這是病態，這是在和瑪嘉烈分手之後才出現的狀況。起初，他有點擔心自己，可能是情緒病的先兆，他上網查過情緒病特徵，包括失眠、對任何事都提不起勁、沒有胃口、無故傷感等等，大衛都沒有。所以，大衛將自己這個在超級市場行為解釋為「創傷後遺症」，可能是以往他和瑪嘉烈在超級市場有過太多快樂的時光，的而且確大衛最喜歡和瑪嘉烈做的活動是逛超級市場，比起和她去世界七大奇景更快樂。瑪嘉烈一直都不明白，為何大衛經常要求一起去超市，為甚麼兩個人要一起揀公仔麵、買同樣的雞蛋、一樣的廁紙，大衛也沒有解釋。他不懂得如何向瑪嘉烈解釋這種快樂，那是一段關係在最簡單的地方得到的快樂，不是在煙花底下的雀躍，不是登上喜瑪拉雅山峰的興奮，如果兩個人的愛情只需要太陽、星星、月亮也能夠滋養，那段關係應該可以長久；真正愛情根本不需要太多。瑪嘉烈根本不明白，這又解釋了為何他們會分手。

大衛姑且明白了他在超市逃走的原因，他沒有刻意要去克服，也不是每一次也有這種情況，他就當自己有時候會在超級市場燒保險絲，不傷人的。

有些人我們不會叫他們的名字，只會以他們的身分作稱謂，並非因為不知道那人姓甚名誰，而是想保持距離，例如去按摩，就算自己好歹算是熟客，技師也自動報上名來，但就也不會用真名呼喚他，阿玲、阿秀、輝哥、偉仔，感覺太熟稔，還是說一聲「師傅」好了。

大衛一直都以「教練」來稱呼那位游水教練，原因之一是他不記得她的名字，隱約記得 Diamond 有介紹過，但沒有放上心，直至他聽到 Diamond 叫她做雪兒。奧運代表通常都應該是虎背熊腰、短髮、皮膚差，但這位雪兒教練就剛好相反。她的皮膚白晰，身形高挑，Diamond 說她參加完奧運便沒有再練習，只會課餘時教教游水，賺點外快；而她只不過二十歲，但已沒有再參加下一屆奧運的意圖。

Diamond 又提到，雪兒根本不愛游泳，只是自己長得高，手長腳長，自小已被學校選入泳隊，泳隊的成員只需要比賽有好成績，學術成績不好也可以升班，雪兒覺得這個交易不錯，也就一直游到高考，再加入了香港隊，再去了奧運。因為訓練太辛苦，而且瘋狂地游泳就會皮膚差、虎背熊腰，運動員生涯在一次奧運之後便完結。大衛好奇的不是雪兒的背景，而是 Diamond 為何知得那麼清楚？她們甚麼時候開始有私交？又一直也沒有聽 Diamond 提起她跟雪兒有見面。

自從被雪兒發現他其實是懂得游泳之後，大衛便懶得落水裝模作樣，但他也有依樣陪 Diamond 上堂，就只是坐在一旁看雜誌、玩手機，雪兒在 Diamond 自己練習的時候，總會主動跟大衛聊天。

「她知道你懂游泳嗎？」雪兒一邊抹身一邊問。

大衛抬頭看一看她，不知道為甚麼他實在不想和她說話，尤其是當她提及 Diamond。

他做了一個不置可否的表情。

「你討厭我嗎？」

大衛心想，他剛才一定做錯了表情。

「甚麼？」大衛皺起眉來。

「你是不是很討厭我？」雪兒追問。

「我為甚麼要討厭你？」

「你就是不想和我說話。」雪兒開始有點死纏的感覺。

「我和誰也不想說話。」大衛盡量用一個平靜的語氣。

「不對，你只和 Diamond 說話。」

大衛一時為之語塞。

「我也沒有見過你笑，除了和 Diamond 說話的時候。」

說完之後，雪兒便掉頭走。

大衛看著這位女子離開，覺得剛才的氣氛十分吊詭，她好像是在呷誰的醋。大衛一直坐著，從他的視點剛好看到雪兒的小腿。由於雪兒愈行愈遠，他又看不清楚，但確定她的小腿有一個紋身，那個紋身似是一個英文字母，又似是一個四方形。

「你看甚麼？」Diamond 不知甚麼時候已經上了水。

「喔……游完？」

「雪兒呢？」Diamond 坐低在大衛旁邊，顯得疲倦。

「洗澡吧，你不去？」

「等她先出來。」

「甚麼？這個高級的會所，只得一個浴室？」

Diamond 白了他一眼，然後閉上眼休息。

「其實你識游水的。」Diamond 仍然瞌著眼。

「很久以前的事。」

「那為甚麼你不告訴我？」

「我陪你學游水，不好嗎？」

「好的。」

大衛也隨著 Diamond 瞌上眼，享受在雲層交疊的隙縫中透出來的一線陽光。

Diamond 甚麼也沒有問，不似她的作風，大衛其實很想她問，那麼他就可以講。

「你現在還是 Uber 司機嗎？」想不到她問的是這個。

「沒有做了。」

「為甚麼？」

「把車賣了。」

「我坐過那一輛？」

「對。」

「為甚麼要賣了它？」Diamond 的語氣有點可惜。

「嗯……有次交通意外，報銷了。」

「那麼嚴重？你人沒事吧？」Diamond 前前後後打量大衛。

「那你現在有 Call Uber 嗎？」

「也有，但就是沒有遇到你。」

「我？你經常也見到我，不需要遇。」

「也對。」

二人拿著大包、小包回到大衛的家，Diamond 又嚷著要上去一起看電視劇；大衛不知道有甚麼電視劇好看。到達樓層，大衛心知不妙，在走廊已看到不知從哪裏流出來的水，他一個箭步立即走去開門。

屋內如澤國，可以被水浸的地方都浸了，Diamond 看到水流應該是從廚房流出的，但在廚房門外的大衛卻呆著不動。

「走開！走開！」大衛沒有反應，Diamond 唯有一把推開他。

Diamond 反應迅速，找到爆水喉的源頭，即時關了水源，大衛仍然一動也不動，全屋所見，幾乎都浸了水。大衛不發一言，他首先把餐椅倒掛在枱上，然後再走進浴室，拿了一個小型地拖出來。

「喂，這個地拖會不會太不中用？」Diamond 問。

「我只得這個。」大衛顯得氣餒。

Diamond 二話不說，走進了大衛的睡房，拿了幾條大毛巾，放在地上用來索水。

「喂，我的毛巾白色的。」大衛算有點反應。

「不要吵，幫手索水吧。」

於是，他們二人就是不停地用毛巾索水，然後把毛巾扭乾，再吸水，客廳、睡房、廚房，來來回回的，整個過程二人都沒有再說話。水浸了的地方，雖然可以把水索乾，但被水浸過就會造成傷害，如為愛人流的淚，淚乾了，傷口還是存在。

報銷的是整個地板。

「這裏是租還是買的？」Diamond 問大衛。

「租。」

「這樣子，你今晚需要過來我那邊，借宿一宵嗎？」

「我不是在地上睡的。」

「但水喉爆了，沒水，不能沖涼。」Diamond 似乎知道，大衛十分愛整潔。

大衛還是跟了 Diamond 回酒店。

「我走了。」洗完澡的大衛甫走出浴室就這樣說。

「你覺不覺得你很婆媽？都已經這麼晚了，在這裏過夜又如何，也不是第一次，有必要回去踏在毀壞的地板上嗎？」面對這種男人，實在很容易動氣。

結果大衛還是留低，但他堅持睡在梳化。

但很奇怪，這一晚大衛睡得很安寧，一覺便睡到天光，雖然他半夢半醒的時候想到自己原來有一段時間沒有和任何人一起睡了；其實從來都是瑪嘉烈，但對上一次和別人一起睡，那個別人一樣是 Diamond。

大衛是被陽光喚醒的，他醒來的時候 Diamond 已經不在房間。於是，他可以細細打量 Diamond 的這個臨時居所。

他首先看到是床頭那個小茶几上有一個酒杯，旁邊有一個空酒瓶，Diamond 喝了整支酒？他不是驚訝 Diamond 的酒量，只想知那是甚麼時候發生的事，為甚麼他完全不知道？還有，為甚麼 Diamond 臨睡前要喝那麼多酒？

一個人會對另一個人產生好奇心會是為了甚麼呢？大衛對 Diamond 的好奇展現於他探頭看看酒店房裏的垃圾桶有甚麼垃圾。這個似乎是屬於狗仔隊的行為，原來一般人類也會做。

垃圾桶內只得幾張紙巾，沒有其他物品，大衛其實有點失望。

這個時候房內的電話響起來。酒店房間的電話響聲，如果沒有特別調校的話，是警鐘級數，大衛十分猶豫應否接聽，但他隨即想起他上次一樣接過，有位何先生找 Diamond。

「喂。」

「你好，請問你是王先生嗎？」

「我是。」

「請等一下，林小姐找你。」

原來是Diamond，這個女人真奇怪，要找他為甚麼不直接打手提呢？

Diamond 催促大衛陪她去看房子，因為外面正在下雨；下雨看房子可以看到有否出現滲水的情況，想不到 Diamond 也會有這種想法，她不住酒店了嗎？

大衛有點出奇，這和 Diamond 以前住的地方是兩個世界，她以前那個家在南區僻靜的深谷，屋內有落地玻璃，可以看著蕩漾的夕陽。這裏，雖然都可以看到海景，但看到是對岸，面積只得千餘呎，雖然這個呎數，很多人已經要貢獻一生才買到，但對 Diamond 來說怎都是平民之選。經紀領著她參觀，單位經過翻新後，已經空置了一段時間，但一塵不染，應該有人定時打掃，屋不大，Diamond 很快便看完。

「業主也不急於放盤，他要找到好客才賣，如果你有興趣的話，業主可能想和你見一見面。」

「甚麼？買樓也要這麼嚴謹？又是那些腰纏萬貫的大富豪嗎？」Diamond 感到出奇。

「不是哦，業主說這是他和太太結婚後便入住的單位，一住就是四十年，十分有感情，所以想找個好人家才賣。」

「那為甚麼又要搬走？」

「業主要移民了，和兒子一家去加拿大。」經紀果然甚麼也知道。

「你一個人住？」經紀問。

Diamond 看著窗外，若有所思。

「那個價錢，還有得傾嗎？」

「如果你有興趣的話，我和業主傾一下，可能他和你見過面，自動減價給你呢。」

大衛一直在旁聽著，他仍然不相信 Diamond 會對這裏有興趣。

這裏是太古城。

離開了之後，Diamond 說想逛逛太古城中心，大衛又以為她只愛去置地廣場。

「你覺得怎樣？」Diamond 一邊逛一邊問大衛。

「甚麼怎樣？」

「剛才那個單位。」

「你不住酒店了嗎？」

「不要問那麼多，剛才那個單位怎樣？」

「太古城當然好啦，實用，就是太貴了。」

「香港甚麼地段不貴的？」

「但和你以前住的地方……」

「我其實覺得住太古城的人都很快樂。你看看周圍的人。」

環顧商場，甚麼關係的人也有，有一對對的老人家、有穿著校服去看電影的情侶、有拖了小孩的父母，他們的表情的確算寬容。

「我想找個地方，會令人住得快樂。」

「快不快樂是和心境有關。」

「環境可以改變心境，只是能改變我心境的環境已跟以前不一樣。」

商場不知在做甚麼推廣，原本的溜冰場內放了幾個大型的吹氣滑梯，溜冰的人換了小朋友和大人一起攀上滑下，他們都顯得很興奮。

「你懂不懂溜冰的？」Diamond 和大衛坐在溜冰場外的位置，看著場內的人在跑跑跳跳。大衛看著遠方，想起往事，曾經他和一個人在這裏溜過冰，她還拉過他的手，教他應該怎樣滑行，很久之前了。大衛在心裏感慨了一下，有些人，說了再見，就真的不會再見，這個城市也不算很大，遇不到就是遇不到，不過偶爾也會想起她，尤其是當看到 Diamond 的時候。

「這裏不適合你住的。」大衛這樣答。

「為甚麼看小我？」

「這裏有一種溫馨的氣氛，一個人住只覺更加孤獨。」

「兩個人就可以啦。」Diamond 看著大衛。

那一次爆水喉，令大衛那個舊居覆水難收，剛巧差不多滿約，於是便把單位收回，而 Diamond 不知用甚麼方法說服了業主，成功買了太古城那個單位。

世事就是有這種巧合，Diamond 不是和大衛一起住，只不過大衛租了一個單位就在 Diamond 樓下，他們現在是鄰居。

我和你

大衛十分習慣獨來獨往，自己一個人做任何事都不會感到寂寥，有些人口裏說一個人看電影、一個人吃飯、一個人去旅行都沒有問題，也真的有付諸實行，但是一邊做，一邊自憐。大衛連寂寞的感覺也沒有，他對於一個人生活沒有甚麼感觸，反而沒有兩個人一起時，偶爾會產生的寂寞感，能夠兩個人睡在一張床又如何？

在要搬離那個家的一天，大衛還下了一個決定，他決定不再做的士司機，他打算買一輛私家車，邀請 Diamond 陪他一起去看。他不是真的想有人「陪」他，他是想 Diamond 幫他選擇。大衛只喜歡歐洲車，因為安全，他雖然喜歡駕車，但他不是車痴，車始終只是交通工具，工具最重要是實用。

當他告訴 Diamond 想買一輛車，Diamond 十分興奮，她提議大衛買回那一輛一模一樣的七人車。

「甚麼？」大衛表示驚訝。

「為甚麼同一款車要買兩次？」

「因為你根本不應該把它賣掉。」Diamond 說得理直氣壯。

「而且，我覺得你應該繼續做 Uber 司機，做人不應該游手好閒。」

「我游手好閒？」大衛預備反擊。

「難道是我？」Diamond 反問。

「你收入與支出不相稱呢。」

「我的錢有血有汗，眼淚也有，你知甚麼？」

大衛噤聲。

他們到了車行，好消息是同款的車已沒有再出產，換了的是一個進階版，外觀跟之前那一輛分別不大，Diamond 前前後後的看過了之後，似乎也十分滿意，大衛凝視著那輛車。

「我知你在想甚麼。」Diamond 對大衛說。

「你一定在想，早知不賣。」

的確是，有些事情做與不做，根本不會影響到結果，早知道的話便不用兜兜轉轉。

「你想要黑色還是白色？」大衛眼中，車只得這兩種顏色。

「我要紅色。」Diamond 要的是第三種。

「深紅色，不要鮮紅，紅色法拉利的紅最嘔心。」

大衛鬆一口氣。

「要不要自訂車牌？」Diamond 接著説。

「你又有甚麼主意？」大衛沒好氣。

「沒有，我最討厭，尤其是把自己的名字掛上車頭，大吉利是。」

大衛在笑。

Diamond 定了神的看著大衛。

「你又看甚麼呢？」

「你笑起上來沒那麼老，笑多一點吧。」

「你放心，Diamond 這個車牌應該已給人申請了，那麼普通。」

「David 和 Diamond，誰比誰的名字普通呢？慢著，為甚麼是用我的名字？車是你的，掛我的名？我沒有打算夾錢呢！」

大衛一時為之語塞，為甚麼他會想把 Diamond 的名字掛在車上呢？他願意再買這輛車，有大部分原因都是為了 Diamond。因為，但凡大衛滿足了 Diamond 的要求，她都會展露燦爛的笑容，可能只是一剎那，大衛看到 Diamond 快樂，他自己也覺得滿足。

「如果七人車不叫七人車，應該叫甚麼？」Diamond 又忽發奇想。

「家庭車。」

「太老土。」

「不如叫《忘情號》？你不是喜歡杜德偉嗎？」

「把車叫這個名不是太作狀了嗎？為甚麼要一個名呢？」

「七人車沒有感情。」

「要有怎麼樣的感情？難道要當車是寵物嗎？」

「你怎麼知道？」

大衛大力的反了一下白眼。

「Do Re Me？……嗯……益力多？金山橙？你給意見好不好？」

寵物車，大衛只想起三個字——我和你。

想起「我和你」，大衛便想起它的主人，不知道趙子龍現在怎樣？就是這樣，有時候我們會想起一些人，想著他們現在身處何方？和甚麼人一起？生活愉快嗎？身體健康嗎？有一股衝動想聯絡他們，但那股衝動不夠動力，衝不破懶惰，想一想，便算了；然後等下一次再想起，然後忘記。

大衛在谷歌輸入「我和你」，第一個搜尋結果是二零零八年北京奧運會的主題曲，輸入「我和你寵物美容服務」，結果全是其他名字的寵物美容公司。趙子龍不是說將「我和你」發展成為一個寵物美容服務王國的嗎？寵物罐頭、寵物殯儀……大衛還記得趙子龍跟他說起這些計劃的時候，有多興奮，現在呢？難道又泡了湯？那麼 Candy 和他有沒有結婚呢？

趙子龍的 Facebook 戶口仍然存在，但大衛只看到他的頭像，是一幅猩猩大頭照，也沒有其他的更新，不得要領。大衛再一次開出WhatsApp，他和趙子龍沒有一個正在對話的Chat Box，大衛一早把它刪除了；趙子龍在WhatsApp的頭像仍然是那一幅，猩猩大頭照，不過唯一慶幸的是有顯示最後上線時間，他還存在。人生很無常，這一秒還一起吃喝玩樂，下一秒另一個已經在另一個世界再嬉戲，知道自己的朋友安好，是一個很大的安慰。

他之前不想再聯絡趙子龍，因為心裏還有一點氣他，忽然的出現，又忽然的離去，但其實又沒有甚麼好氣，每個人都有權選擇自己的生活方式。

大衛終於發了一句"Hi"給趙子龍，發出了之後，他鬆了一口氣。以往，他從未試過主動聯絡趙子龍，不是日常誰主動約食飯那種聯絡，是斷交之後，誰先主動就是向對方招認自己想起了對方，自己先讓步。大衛覺得，可能只有自己在玩這個遊戲，趙子龍其實不會這樣想，更不會認為誰先想起誰，然後表達就是認輸的行為。

大衛一直看著那個Chat Box，但他的那句"Hi"一直都只是得到一個灰色的剔號，已發送，但對方未讀，大衛也自然沒有放在心上。

我們對一些人是會這樣無情的，尤其是知道對方喜歡自己，但自己又沒有興趣，總會有意無意之間讓對方覺得他於自己是可有可無，他知難而退也好，心靈受創都好，與己無關；但能夠做到不去濫用別人對自己的愛，已是一種功德。大衛不知道趙子龍對自己是怎樣的一回事嗎？怎會不知道？只是大衛其實不在乎，他不在乎趙子龍離開他還是繼續出現在他的生命，他根本不想趙子龍喜歡他，為甚麼不可以單純的保持那份友誼？大衛會不會喜歡男性不是一個重點，重點是就算他會喜歡男性，那個也不會是趙子龍。

被自己不愛的人愛是一件很無辜的事，甚麼也沒有做過，但就是因為別人愛上了你，不斷對你好，只是對著他呼吸，他也會當做恩賜，還有希望的時候是一種善恩，對方一旦發現沒有希望，那就變成了惡果。

大衛對趙子龍的糾結也由此而來。所以，他一直也沒有和趙子龍保持聯絡，他可以有新生活，大衛十分高興，因為他終於可以擺脱那種不必要的內疚。但是，當瑪嘉烈和他分開了之後，他也覺得自己是時候放低這種執著，他開始明白得不到自己愛的人的那種苦況，對任何人、任何事，寬容一些，別人感覺不到，自己也會覺得快樂。

第二朝醒來的時候，大衛收到趙子龍的回覆，那訊息只有三個字，知道還有在乎自己的朋友，總是好的。

趙子龍說：「你好嗎？」

何宏光

何宏光不是第一個追求Diamond的男人，事實上，每個不太醜的女孩子都總有幾個追求者，何況Diamond？高峰時期，大約十七、十八歲時，Diamond每個月都會更換約會對象，直至遇上宏光。

她不知道怎樣解釋那種感覺，總之有些人你只需遇上一次，那一次你的心就會有種找到寄託的安穩，那不是熾熱的愛，是義無反顧的信任。

Diamond覺得何宏光是一個很有承擔的男子，他生於草根階層，全家只有他一個男人，媽媽、外婆、姐姐、妹妹；在被女人包圍的環境下成長，結果有兩個，是不是成了「裙腳仔」，就成了男子漢，何宏光是後者。

Diamond經常聽他說他的夢想，他喜歡設計，希望有朝一日可以有自己的產品、品牌、公司，那個年頭，年青人是會有這樣的夢想，那時的社會，有空間成就有抱負的人，不比現在，年青人的夢想是成功申請公屋。

「我還要和你組織家庭。」

他規劃的夢想，還有 Diamond。

照顧家庭是宏光的首位，所以，當他知道唯一的妹妹得了絕症時，他第一個決定就是要和 Diamond 分開。家庭的重擔，不好意思叫其他人分擔，和 Diamond 分開是為了讓她得到幸福，他不是不愛她，只不過他不能保證 Diamond 跟著他，他可以給她怎樣的生活。

當宏光提出要分手時，Diamond 很失望，但每個人都是這樣從失望中活過來，其實沒有甚麼大不了。

重遇何宏光的那年，Diamond 和他已經分開了沒有十年也有八年，Diamond 已經模糊了，Diamond 有種恍如隔世的感覺，眼前的他已經不是當年那個對未來充滿不安全感的少年，他實現了自己的夢想，成為了一個鑽飾設計師，擁有自己的品牌、公司，而最大的轉變是，何宏光已經結了婚。

Diamond 從來沒有想過會做別人的情婦，但是當他們再遇，她知道這命運一早已安排；宏光提出對她未忘情時，她選擇相信，當時宏光新婚還不到一年。

宏光的出現，其實拯救了 Diamond，她的生活過得不快樂，也過得不好，學歷不高，也沒有另類專長，打工賺回來的都是血汗錢，血汗只夠餬口；更令人沮喪的是，感情生活不順遂。她有時對著鏡子，仔細的看清楚自己的五官，一點也不差，甚至稱得上是標緻，為甚麼遇上的男人都不打算和她認真的發展感情？他們都只是想約會，大家吃吃飯、喝喝酒，上床是他們的最終目的，沒有人對她認真。所以，宏光說對她未忘情，她立時便相信了，她不想去分辨那究竟是真還是假，也不想了解自己接受一個有婦之夫的愛是因為愛情，還是生活。

「要爭取時間。」

Diamond 告訴自己要爭取時間享受愛，要爭取時間改變自己的生活。

Diamond 是心甘情願的，宏光對她很好，只是他不能給她承諾。一個人要知所進退，Diamond 從來沒有奢望宏光會和他太太離婚，這是不設實際的，尤其是當她了解到宏光成功的背後，都是因為有太太家族的生產線配合。

「不作非份之想，也好。」

不用浪費生命去對沒有可能發生的事抱有希望，是一種福氣。

知道他們夫妻倆存在這種利害關係，Diamond 覺得安慰，因為他們的不是真愛，所以她更相信宏光愛的是自己，於是她安份守己的做一個第三者、情婦、狐狸精，甚麼稱謂都好，沒有所謂，最重要的是她贏了宏光的心。

宏光對她很好，他為 Diamond 提供舒適的生活，每有時間便會製造機會和她一起去旅行，通常都是他需要去公幹，然後便安排 Diamond 在之前或之後到埗。

所有太太其實都應該清楚，男人經常要出外公幹，那應該是偷情的藉口，如果他真的只是公幹則要感謝上帝賜予自己一段美滿的婚姻，但能夠擁有美滿婚姻的人，又只是很少數。

Diamond 真的打算安份地做一個快樂的第三者，沒有名份便沒有名份，不見得光便不見得光，如果宏光一直愛她，她也可以這樣偷偷摸摸過一世。

可惜，當你打算平平淡淡的過日子，上天又會來試煉你，假裝可以給你更多，來試探你的慾念。

宏光告訴 Diamond，他的太太身患重病，不會活很久。

他表現得頗傷心，但是 Diamond 發現自己的心底在竊喜。

歪念有不同程度的，偷竊、作弊、破壞公物、袖手旁觀、見死不救、破壞別人幸福、眼紅別人成功，種種不正的想法都是歪，而歪念每個人都有，只是念頭這回事，是一念，很快便過去，不必實行。去斷定一個是好人還是壞人，有時候，不在於他做了多少好事，而是在於他沒有做那些壞事。

做別人的第三者，如果沒有抱著要破壞人家的夫妻關係這個念頭去生存，那算不算歪呢？Diamond 覺得不算，她和宏光是相愛的，而且她也沒有防礙他「正常」的家庭生活，又沒有催迫他離婚；也沒有攤薄到宏光對太太的愛，愛應該是無盡的，是故也無從攤薄，攤薄了的可能只是時間，但是他的時間不是用了去偷情，也不會放在家庭上，所以作為一個第三者，Diamond 說得上是心安理得。

直至，她知道宏光的太太不會活得太久。

發現自己有歪念，倘若還有良知，都會對自己的人格有點失望。

有些事情，一有了希望，便會勾起想擁有的慾望。

Diamond 開始想，她可以名正言順。

「如果她死了的話。」

Diamond 從來沒有想過誰死這種念頭出現，但如果那個人從世界上消失了，是對自己有益，難免有這種想法。當然，她沒有要把宏光太太殺死這種想法，但她已驚訝於自己的自私，這令她感到沮喪。

何宏光告訴她，太太只剩三個月命，Diamond 留意到他一點擔憂、哀傷也沒有，不是他冷血，而是他冷靜，人始終需要一死，而且他們已經把那一天延長了很久，很多事情也安排好，有錢就是好辦事，命也會長一點。

「你太太生病，你瞞著她在外面搞婚外情，你不內疚的嗎？」

「她不會怪我的。」

宏光這樣說究竟是為自己開脫，抑或這是真相？也許一個知道自己命不久矣的人，對甚麼也看得透，Diamond 不想去了解，既然他這樣說，她便信。

不過，名正言順的一天，一直也沒有來到，醫學昌明，加上有錢，怎會死得那麼容易？他太太的病三日好、兩日差，她病得嚴重，他們便見得愈少，宏光是一個負責任的人，非常時期總要留在老婆身邊。

他太太未生病時，不是這樣的，他有很多時間陪 Diamond，去到這個地步，Diamond 不想名正言順，她想他太太身體健康，而她可以做回一個無求的第三者。

在這三個月，等待情敵傳來死訊，自己坐亞望冠之際，Diamond 認識了大衛。

一段關係的軌跡是會受外來因素影響的，Diamond 相信是因為大衛的出現，影響了她和宏光的感情軌跡，但是大衛做過甚麼呢？他有說過喜歡自己嗎？沒有。他有說過想和自己發展嗎？沒有。可是，有些人只要出現了，就會影響整個氣場，Diamond 沒有和大衛走得特別近，但她和宏光卻愈走愈遠。

宏光的太太離世之後三個月，他說要跟 Diamond 結婚，到了第六個月，他們分開了。

和一個人，在不同階段遇上，有不同的效果，有些人早一點遇上就是對的人，遲一點遇上卻變了錯的人，差之毫釐，繆以千里。

處理好太太的身後事之後，宏光自己一個人離開了香港。

「我想去散一下心。」

但是，他沒有邀請 Diamond 一起去，他心裏想甚麼，Diamond 大抵都可以猜到。和一個人相識了廿年，有一段不短的日子還以「親密」的關係交往，不可能不了解對方的。宏光那刻的心情是，終於鬆一口氣，像完成了人生一個責任、付清了一筆債，然後是時候開始另一個人生。他對太太要負的責任，一直綑綁著他，如今鬆開了繩索，沒有男人不想呼吸一下徹底自由的空氣。

何宏光到底是對的人，還是錯的人，Diamond 不知道，她只知道當他說要和她結婚時，她覺得人生的目標已經達成。

「我打算和你結婚。」

這是一句「正確」的求婚語嗎？Diamond 期待一些比較一般的，例如：「我們結婚吧。」、「嫁給我吧。」、「嫁給我好嗎？」，一些比較溫暖的用語。

「我打算」似是一個計劃，「我打算買樓。」、「我打算移民。」，而那個計劃是準備實行，即是說有可能實現，也有可能實現不了。為甚麼他不用一個肯定一點的語句呢？「我要和你結婚。」、「我要和你組織家庭。」、「我要娶你。」，至少會有一點誠意，不像計劃一件公事那樣。

但是，Diamond 不會去計較這些。

當宏光向她說這句話時，他一臉凝重，有過一刻 Diamond 以為他呼吸過絕對的自由空氣之後，要和她分手，所以當聽到他說「我打算和你結婚。」，Diamond 的毛管直豎，生理反應不會說謊，她想嫁給他的。

宏光著她決定婚禮的所有細節，唯一的要求是不想鋪張。Diamond 有看過《Sex And The City》的電影，對於結過婚的男人來說，他們不會想再重複一次那些繁瑣婚宴過程，她懂的。

「我想拍一張結婚照。」

這是 Diamond 對宏光的唯一要求，他也爽快答應。

於是，在那個下午，他們請了攝影師一起上山頂公園拍了一輯結婚照。Diamond 選了一條絹質、象牙色的連身裙，宏光穿了一套簡單的西裝，結了一條領帶，和平常上班沒兩樣。

「你想去哪裏渡蜜月？」宏光還這樣問她。

Diamond 想了想，她想不到有甚麼地方她和宏光沒有去過，而又想和他去的。她不需要和他看北極光、征服珠穆朗瑪峰，她只想和他回家。

「去火星吧。」Diamond 這樣回應。

「阿梅……」

二人哈哈大笑，在鏡頭底下，他們都笑得很燦爛，那一天，他們都以為找到了對的人。

沒有在結婚當日，新娘穿起婚紗，一臉幸福，在姐妹伴娘的喧鬧聲中，熱切地期待接新娘的部隊來臨；然而卻等不到他出現的俗套橋段。

在註冊前的兩天，宏光發了一個短訊給Diamond。

「Sorry, I can't.」

當我們要說一些難以啟齒的說話，例如：「我愛你。」、「對不起。」，很多時候都會用英文，摒棄了母語，換個語言，一切變得容易開口，做壞人也不會那麼令人難堪。

看到那個短訊的時候，Diamond剛在健身室做完運動，發出短訊的時間是一小時前，那是早上七點，即是說這天宏光起床後的第一件事，就是要告訴她，他不能和她結婚。這應該是經過深思熟慮之下的清晰決定，沒有人會在一大清早，衝動地作出一些重要的決定。如果這個短訊是在深宵發出，那也有可能是受到酒精影響，或輾轉反側，胡思亂想的一時衝動。但是，一大清早的第一個行動，都是沒有改變的餘地。

Diamond 看著那個短訊，她知道自己面上沒有任何表情，呼吸維持正常韻律，心跳沒有加快，她若無其事，冷靜把電話放回儲物櫃，然後走進浴室洗澡。花灑的水沒有和淚水混合，因為 Diamond 沒有哭，她只是純粹地在洗澡。原來，她已經歷過比這件事更難經歷的事情，又或者她心底深處，一早都已打定輸數，她和宏光注定不會也不能在一起。

「Sorry, I can't.」反覆想著這句「説話」，I can't，不能；有些事情不是不能做，只是不想做、不願做，Diamond 很明白。經過了那麼多年，她和宏光的愛情路曾經走到了不少死巷，只是她不甘心，她用她的青春去為一早已經去到末路的愛情挖掘出一個又一個的生機；他們能走到今天，Diamond 付出的絕對比宏光多，她是知道的，但是一段感情誰付出多，誰付出少，哪可以計較？她只是望著一個目標前進，其他的都是為了實現一個願望，應要付出的代價，她付得起。

宏光在物質方面對 Diamond 真的毫不吝嗇，她現在住的是她個人名下的，那是他們相識十周年時，他送給她的禮物。當你得不到那個人，那麼得到他的錢也是好的，雖然 Diamond 最想要的不是一層樓，但是拒絕是沒有意思的，於是唯有笑納。

她的家就是他們的家，當然有很多屬於宏光的身外物，從健身室到回家的途中，她有想過，宏光會否已經將自己的一切遷出，一件不留，回到家時再也找不到他的點滴？甫入家門，Diamond 便直衝入房，打開衣櫃，宏光的西裝，一件不缺，整整齊齊的掛在衣櫃。Diamond 看著那一列，剪裁適當，同一色系的意大利名牌，那種不捨是以前未有過的；就算他結了婚、就算他沒有打算離婚、就算他說過會因為 Diamond 離婚而最後也沒有，也沒有這種不捨的感覺。這種感覺，像是一個人已經死了，你知道他永遠也不會再回來的感覺。

然後，她發現她的銀行戶口多了一筆款項，足以令她衣食無憂一段長日子，如果知慳識儉，還懂得投資，要沒有經濟壓力地過一世也應該沒有問題。男人可以做的大抵就是這些，給你一些希望，令你不願離開；到了他要離開時，給你一些錢，來彌補你的失望，而在很多人眼中，這類男人已經算有德行。

Diamond 賣了那個物業，她想徹底地忘記他。

相見好

要忘記一個人的最佳方法，就是找另一個人代替他，Diamond 自然想到大衛。一個帶有「情婦」身分的女人，她的朋友群應該很狹窄，情婦只有和情婦可以做朋友，因為大家都不會鄙視對方，還會互相扶持。不過，Diamond 沒有這種朋友，因為她從來不認為自己是情婦，情婦和女朋友又有一點不同，她是一個已婚的男人的女朋友，換個說法而已，人總要想辦法令自己快樂。

Diamond 第一次見大衛，她記得那一晚她很累，因為她和宏光渡過一個很快樂的晚上，而每次快樂之後，她也會嚴重的失落，她沒有怎麼留意這位司機，只記得他播的歌還算不錯。然後，另一個晚上，這個司機又接了她的單，她知道他是故意的，她不經意地打量過他，看這個人相貌也老實，一臉嚴肅，不似壞人，她也需要放鬆一下心情，就這樣Diamond和大衛做了三個月的朋友。

雖然，他們從來也沒有談到自己的感情生活，這似是大家早有默契，又或者兩個同在愛情海中受過折磨的人，都明白對方的感受，有些苦是說不出口的。Diamond從大衛經常緊皺的眉頭中，知道他愛的人是個令他痛苦的人。有些友誼是不需要互相交換心事也能發展的，Diamond和大衛就是這種。

再次見到他的時候，Diamond看得出大衛現在是單身，從他的氣息已經看得出，這是一件好事，因為Diamond也是。

「為甚麼你從來沒有提過你的女朋友？」她看到大衛差不多被口裏的水餃嗆到。

他只是看了Diamond一眼，然後繼續低頭吃水餃。

「是嗎？」這算是一個回應。

「是。」Diamond 知道大衛想就此打住，但她不想。

「你想知道甚麼？」

「為甚麼你從來沒有提過你的女朋友？」

「你想知我為甚麼不提起她？」Diamond 點了點頭。

「沒有甚麼好提吧。」大衛有點不置可否。

「都過去了。」

Diamond 聽到大衛的補充，「都過去了」這四個字不無辛酸，究竟要過了多久才可以宣佈一段感情、一個曾經愛過的人，都過去了呢？Diamond 又想起了她和宏光，真的過去了嗎？有些時候，Diamond 覺得恍恍惚惚，今夕何夕？她和宏光分開了嗎？分開了多久？分開了之後她的日子怎樣過？去了哪些地方？甚麼時候回到了這裏？有時她真的有點糊塗；每想到這裏，她不想再想下去，於是她會為自己倒一杯酒，再加一粒安眠藥，先睡一覺才算。

自從和大衛做了鄰居，Diamond 的感覺踏實一點，如果不是大衛的舊居爆水喉，她也不會那麼積極去找房子。有時候表面上我們是在幫助別人，但這其實是給自己繼續過活的動力，否則Diamond可以一直以酒店為家。

過去很多年以來，Diamond的心裏有人，但是生活上只得自己一個，這種感覺很寂寞，她覺得自己已經不懂得和別人一起生活。

跟大衛樓上樓下的感覺很親近，有個人在自己左右的感覺雖然很陌生，但Diamond開始慢慢適應，從她發現自己重新喜歡下廚開始；當多了一個人分享你的廚藝，下廚的價值便提高了，尤其當她見到大衛吃得一臉滿足的樣子，她發現原來大衛喜歡吃餃子。

決心重新建立一個家，除了因為大衛的原因，還因為不想宏光找到她。

酒店告訴 Diamond，有人致電找林小姐，對方自稱姓何的，不是他還有誰？Diamond 心裏一凜，這種男人心裏也不知道在想甚麼？已經分手了，為甚麼還不肯放過對方？令她更為震驚的是，她竟然發覺自己還有一絲絲想再和他聯絡、見面的想法；她心裏不斷在想，究竟他為甚麼又要找她？還有甚麼要和她說？會不會是生病呢？還是要復合呢？

別人可以看不起自己，但自己絕對不可以有這種感覺，愈幻想宏光還要接觸她的理由，毛管愈直豎，於是 Diamond 便下定決心，不會讓宏光再找到她。

和大衛做了鄰居，重新培養到 Diamond 對烹飪的興趣，她最拿手的菜式是咖哩雞，那是她第一道學習的菜式，她第一次為宏光下廚，也就是只煮了一味咖哩雞，宏光抱怨為甚麼只得一味菜，其實他只不過是開玩笑，但 Diamond 便立即走進廚房，再煮了咖哩雜菜、咖哩蛋，總之有甚麼材料就煮甚麼，結果她煮了六道菜的咖哩餐，令宏光嘆為觀止。

「我和你說笑而已，不用那麼認真。」宏光看著那一枱的咖哩餸菜。

「你怎能低估你每句說話的份量？」

那一刻 Diamond 覺得這個人是生命中最重要的。

自此之後，每有情緒低落的時候，Diamond 都會煮咖哩，把全副心情放在那盤咖哩裏，煩惱便可以暫擱一旁。再有一段日子，她發覺自己在切洋蔥、蘿蔔、西芹的時候，她腦海只會想宏光在哪裏？與太太一起嗎？他甚麼時候會離婚？他太太甚麼時候會死？下廚不能分散她的注意力，更重要的是宏光不太上她家裏吃飯，她也沒有動力繼續下廚。

「你今晚想吃甚麼？」Diamond 問大衛。

「你想煮甚麼？」

「不如一起去超市，看看有甚麼？看到甚麼合心水的便煮甚麼？」

「好吧。」大衛爽快地答應。

他們去了一家在高級商場內的大型連鎖高級超市，這種超市幾乎甚麼高級食材都有，和牛、生蠔、鵝肝、波士頓龍蝦，Diamond 看著那些食材，似乎沒有甚麼感覺。

「你有沒有看到想食的？」她問大衛。

大衛推著手推車，似乎有點心不在焉

「最近有沒有看無線重播《新紮師兄 1988》？」Diamond 忽然談電視劇。

「甚麼？」

其實大衛有看，且還感慨良多。他感慨的不是現實生活的梁朝偉最後沒有和曾華倩大團圓，反而和劉嘉玲結了婚，而是他看到「汶峯超級市場」。那時候的香港還可以有普通市民開一家小型超市營生的日子，一切還未曾為大財團壟斷。

「戲裏有間劉嘉玲開的超市，做街坊生意，比較親切，我還是喜歡細細家的超市。」想不到 Diamond 看到的竟和他一樣。

「細細家又未必找到你想要的食材，這裏甚麼都有，不好嗎？」

Diamond 搖了搖頭。

「你有看到甚麼想吃嗎？」她問大衛。

「沒感覺。」

「這就有問題了，這家超市不能給客人感覺。」

「可能只有我是這樣，你看，其他人一車一車的餸菜買走。」

「沒有感覺的地方，不能買到好的食材，我們走吧。」

Diamond 一把拉著大衛的手，然後把手推車推開。

大衛看著那架手推車，今次的棄車竟然令他有一絲快意。

「我們去哪裏？」Diamond 只拉著他走，頭也不回。

「帶你去有感覺的地方。」

Diamond帶大衛來到春秧街街市，她興致勃勃的，和剛才在大型超市是兩個人。舊式街市在本市已經所餘無幾，舊式，第一個條件就是戶外，好天曬、下雨淋，整條街充斥不同的異味，魚腥味、豬肉味，夏天種種的異味更厲害，大抵是因為夾雜了人體的異味。春秧街左右兩邊各有不同的檔口，豬肉檔、魚檔、雜貨、乾糧，甚麼都有，中間是一條長長的電車路。來這種街市的人都是街坊，上了年紀的，還有外傭，很少像大衛和Diamond這種「年青人」。

「那邊有家賣麵的老店，幾十年歷史，價廉物美。」Diamond領著大衛在繁忙的街市左穿右插。

「你沒事吧？」Diamond看到大衛的表情顯得有點不自在。

「沒事。」

Diamond 沒有理會大衛，逕自走入了麵店，麵店其實是一家粉麵廠，有自己的工場，每日新鮮製造各式的麵類，除了有蝦子麵、上海麵、油麵，還有麵粉製成品，如雲吞皮，沙河粉等等。

「這裏的沙河粉是我吃過最爽滑的。」Diamond 看著店裏的麵食，好像一些女士走進了蒂凡尼一樣。

「你怎會知道這種店呢？」大衛的確好奇。

「我怎會不知道，你忘了我是太安樓的街坊嗎？」

「也是。」

「怎麼？有沒有感覺？」Diamond 問大衛。

「看來你應該有。」Diamond 的雀躍放上了臉。

「嗯……你要吃麵嗎？不如吃雲吞麵？」

大衛怔怔的看著 Diamond，似在想起了甚麼。

「你懂得包雲呑嗎？要有鳳尾的才算正宗的廣東雲呑。」大衛回過神來。
「誰說要包雲呑？我是指過對面吃雲呑麵，肚餓了。」
「那今天晚上我們吃甚麼？」
「嗯……」Diamond想了想，然後在店內左點右點的買了一堆不知甚麼。
「我決定今晚包水餃。」
「水餃？」
「對。」
「那現在還吃不吃雲呑麵？」
「當然吃啦，今晚吃水餃和現在吃雲呑麵是兩回事，沒有抵觸的。」
Diamond又領著大衛左穿右插離開了街市。
「附近有一家雲呑麵店，長期都是全場十五蚊一碗，我懷疑老闆一定是大慈善家，要不就是業主，否則十五蚊一碗，怎樣維生？到了，前面這間就是。」Diamond向前方一指，那招牌原本是紅底黃字，寫在上面五個字，因為日久失修、日曬雨淋，有些字的筆劃已經褪色，有些則變了白色，但大衛仍然清楚看到「趙記雲吞麵」這五個字，Diamond 二話不說走了進去。

這間店可能至少有四十年歷史，而這四十年來可能只微裝修過一、兩次，那些枱、櫈不是缺了一角就是表面有裂痕，排掛在牆上的風扇，沾滿了油漬，看來長期賣十五蚊一碗麵也是有代價的。

大衛環顧四周，只有一枱有一個老婦在進食，樓面沒有人。

「唔該，兩碗雲吞麵。」Diamond 直接向站在爐頭前的大叔落單。

「你是不是吃雲吞麵？其實還有牛肉、鯪魚球……」Diamond 問大衛。

「雲吞麵好。」大衛答道。

大衛特別留意著負責煮麵的大叔，看看他的長相有沒有和誰相似，但又看不出端倪。

原來這店的雲吞是大粒雲吞，如嬰兒拳頭那麼大，每碗有三粒。

「這裏的雲吞很足料的，每粒裏面有三隻蝦。」

「你數過？」

「不信你掰開看看。」

大衛依樣用筷子把其中一隻雲吞掰開，仔細的看著裏面的餡料。

「看到嗎？這裏……這是甚麼？還有這邊、那邊。」Diamond 用筷子指著。

「蝦、蝦、蝦。」大衛看到 Diamond 在偷笑。

「笑多一點不好嗎？」

「哈哈哈。」大衛乾笑三聲，Diamond 知道她可以令大衛快樂，她也覺得快樂。

看雪兒游泳的確是賞心悅目，說她像一條魚實在太普通，她的泳姿與速度令 Diamond 想起鯊魚，在水面時有一點兒狠，離開水裏又變了另一個人，人有兩面不足為奇。

大衛現在都不陪她來了，她唯有自己繼續學，Diamond 現在已經可成功游三分一個游泳池，理論上可以說是已經學懂了游泳，但課程還未算完結，且她覺得雪兒和她都算談得來，當消磨一下時間也無不可。雪兒有時會邀請 Diamond 下課後一起喝杯咖啡，那一杯咖啡的時間，雪兒總是滔滔不絕的講自己的身世、背景、家庭、成長，有時候 Diamond 想叫她不要告訴她那麼多私隱，但又覺得這個小女孩都是一片熱誠想和自己交個朋友，那就由得她吧。

「你喜不喜歡浸溫泉?」雪兒這樣問 Diamond。

桑拿浴室內煙霧瀰漫,Diamond 正瞌上眼享受出汗的快感,每次游泳課完結之後,她都會走進桑拿房來沉殿一下,炎熱的空氣能令她甚麼也不去想,她只集中留意自己還有沒有呼吸、心跳有沒有加速,因為桑拿房外的溫馨提示會警告有高血壓、心臟病的人不適宜焗桑拿,Diamond 想試一試自己身體的底線。她不是想知道自己有多健康,她是想知道自己還可以、還要捱多久,捱不了,就算一命嗚呼,她其實又沒有甚麼所謂。所以,她在桑拿房時會特別留意自己身體的反應,但又想不到這個過程又能令她忘掉其他的俗務、煩惱。

起初,Diamond 都是一個人獨佔桑拿房,高級會所很多資源都是浪費的,日間沒有甚麼人,而 Diamond 每發現有陌生人,她都會立刻離開,畢竟她不太習慣和陌生人只隔一條毛巾共處一室。

正當她聆聽自己的心跳時,她聽到有人說這句話。

她張開眼，在煙霧瀰漫之際，她看到旁邊有一個人，那是雪兒。

Diamond 下意識把捲在身上的毛巾拉緊。

「吓？」Diamond 想肯定一下她剛才聽到的。

「你喜不喜歡浸溫泉？」

「嗯……還可以。」

「我以為你喜歡焗桑拿，也會喜歡浸溫泉，我以前不喜歡焗桑拿的，總覺得透不過氣，所以我會幻想自己在海裏游水，還好像聞到海水味，我知，那不過是汗味。出汗真的很舒暢。」

Diamond 看到雪兒的小腿上有一個紋身，之前也有印象見到，但沒有太留意那是甚麼圖案，這次她近距離在煙霧瀰漫之中，好像看到是一個倒三角的圖案。

「你這個紋身是甚麼？」Diamond 問。

「喔，你猜呢？」

Diamond 閉上眼，忽然之間，她總覺得有點侷促。

「很熱，我夠了，再談吧。」Diamond 站起身，離開了桑拿房。

Diamond 不知道雪兒一直在背後看著她。

餃甚麼

「不如我們養一些寵物？」Diamond向大衛提出。

「你不是已經有一缸魚嗎？」

「魚是寵物？可以如何寵牠們？」

「餵飽牠們，開電視給牠們看。」

「我想要一些寵物，可以讓我寵牠們的。貓好嗎？」

「不好。」大衛的反應快得令Diamond有點愕然，好像他曾經給貓傷害了很多次，懷恨在心。

「那麼……狗好嗎？」

大衛沒有再回應。

「其實，你做的水餃不錯，不如你開一家水餃店，好過養寵物。」

大衛正在 Diamond 的家吃水餃，每次 Diamond 都沒有告訴他，水餃裏面的是甚麼餡，她是故意的，這樣每一次吃她的餃子都會有驚喜。說實在，Diamond 的餃子又真的能帶來驚喜，因為有些餡料不會出現在一般的餃子裏。例如：芝士、蒜頭、蓮藕，那些材料不是混合在其他肉類中，而是全隻餃子都是一種餡，大衛試過一咬開，發現所有餡料都是芫茜，幸好他是一個吃芫茜的人。同樣地，那些餃也有整隻是肉的，雞肉、牛肉、羊肉、豬肉、魚肉，也沒有加入其他配料，那些淨肉餃，大衛最多只能吃十隻，淨菜那些則吃多少也不覺飽，有一次 Diamond 數著數著，大衛一共吃了兩打他才停下來。

「為甚麼你的餃子只有一個餡料，人家都是菜和肉夾雜，你又不是做素食，為何獨沽一味？」

「因為菜和肉的比例，無論如何也不會平均，菜多肉少，倒不如全部都是菜，肉多菜少，倒不如全部都是肉，大家都不會搶大家的風頭，World Peace！」

「這也算是一個特色，開家水餃店吧。」

「我不喜歡做生意，一想著要賺錢，就不是那回事。」

「你可以抱著和別人分享餃子這種心態去開店，不以賺錢為出發點。」

「你很想我開店嗎？」

「我想你不要那麼無所事事，不是想著養魚就是養貓，消磨時間可以做點有意義的事情。」

「我無所事事？你呢？好，開店，一人一半。」

「我不會跟人合資做生意的。」

「誰叫你合資，我僱用你做外賣仔，幫我送外賣。」

「也好，工作性質和做司機差不多，不用說太多話就可以了。但是，你給我多少薪金？」大衛想了想，竟然贊成這個建議。

Diamond 這個提議，改變了他們的未來。

「我給你股份和 Profit Sharing。」

「Profit Sharing？要有 Profit 才有得 Share？小姐，不要搵我笨嘛。」

「哈哈，何時你變得那麼精明？」

「和你做朋友以後。」大衛向 Diamond 揚了揚眉。

Diamond 再從廚房端出幾隻餃子，那層外皮下隱隱透出的灰色，有時候大衛可以從這些顏色猜出內裏的底蘊，例如紅色的有機會是紅蘿蔔、番茄、紅椒，綠色是蔥、西洋菜、白菜等等，但這灰色的十分曖昧。

「做甚麼？」Diamond 見大衛一臉狐疑。

「那……是甚麼來的。」

「你試試看吧，不會死人的，砒霜沒有顏色的。」

大衛對面前這幾隻餃子沒有甚麼好感，他覺得不會是好東西，至少是一些他不喜歡的食物，但正如 Diamond 所說，不會死人的，那就沒有甚麼好怕。他一口把那隻灰色的餃子放了入口，咀嚼了一會，味道甘甘甜甜，完全吃不出是甚麼來。

「怎麼？好吃嗎？」Diamond 期待著他的評分，每次大衛讚她的手勢，她都感到快樂。

「嗯……很特別，是甚麼來的？」

「特別即是好不好吃？」Diamond 有點失望。

「嗯……也不錯，甚麼來的？」

「皮蛋。」

大衛聽到答案，差點嗆倒。

「甚麼？」

「甚麼甚麼？皮蛋，皮蛋，Thousand Years Egg。」Diamond 特別強調答案。

「我不吃皮蛋的？」

「你都吃不出，又憑甚麼去決定不吃呢？皮蛋餃也頗有特色，對嗎？」

Diamond 覺得這個人真的莫名其妙。

說的也是，有些事情我們根本沒有嘗試過，又怎能覺得自己不會喜歡呢？

與其說開水餃店的概念是 Diamond 的寵物代替品，不如說那是大衛的精神寄託。

Diamond 以為大衛只是說了算，但他卻積極行事。這幾天發了很多鋪位的照片給 Diamond，有的是地產網站的連結，有的是路經見到有空置鋪位拍下的相片，大衛對水餃店這件事，似乎興致勃勃。

「今天你有空嗎？」大衛致電 Diamond。

「我下午要去做 facial，之後約了朋友 Happy Hour。」

「你的生活怎可以這樣糜爛？」

「我？你呢？」

「我們去看舖。」

「看甚麼舖？」

「你的水餃店。」

「我的？」

「我們的。」

Diamond 的記憶中，這好像第一次大衛主動約她，也不算是甚麼約會，只是去睇舖，半公半私吧。大衛的所謂睇舖並不是約了地產經紀那種。

他們首先約了在銅鑼灣等。

今時今日的銅鑼灣，八成老店不是拆了、賣了，就是搬了上樓，地舖都是金行、錶行、藥房，有本事留在地面的食店都是連鎖集團旗下的店舖，他們的裝潢都是有金碧輝煌的感覺，賣的只是奶茶、菠蘿包，有這個需要嗎？

Diamond 絕對沒有興趣把店開在銅鑼灣，先不說那可和紐約第五大道相比的租金，而是這個地區的商業味濃、旅遊味重；一檔賣魚蛋、燒賣、格仔餅、煎釀三寶的，一個月租金一百萬，於是一串魚蛋要賣十元，但一分錢卻不是一分貨，賣水餃？如何生存？

大衛約了 Diamond 在希慎廣場的 Apple Store 等，恰巧這天又發售新一代的 iPhone、Apple Store 門外都是水貨客，有收機的，也有賣機的，那條狹窄的單程路上，如年宵一樣，現在有警察在監視，但就沒有採取行動，難道阻街也不算犯法？

Diamond 在 Apple Store 門口尋找大衛的身影。

「喂！這邊！」

Diamond 身後傳來大衛的聲音。

「在銅鑼灣睇舖？」Diamond 被 Apple Store 的人群嚇怕。

「你租得起，我也反對，約你來這裏食下午茶而已。」大衛說。

「銅鑼灣下午茶，要去 Cova ？」Diamond 有點沒好氣。

「那些地方留給你和你那些闊太朋友吧。」

「我沒有朋友，更沒有闊太朋友。」Diamond 打斷大衛。

「那我算不算是你朋友？」

「不算。」Diamond 不讓他得逞。

「陌生人，跟我來吧。」大衛自己先行。

經過了渣甸坊的小斜路，轉入了小巴街，小巴街不是正名，只因為以前有往西環的小巴站，這裏才會叫小巴街，但自從地鐵已經可以去到堅尼地城，坐小巴的人少了，小巴也幾近絕跡。

「吃甚麼？車仔麵嗎？」Diamond 問大衛。

雖然，Diamond 過了不少富裕的日子，但是那些富泰生活只是彌補感情上的缺口，她個人並不特別嚮往屋企有三個工人、兩個司機的生活，如果她可以選擇的話，她情願過一些簡單但有愛人在身邊的生活，如果有得選擇的話。

「車仔麵太普通了，跟我來吧。」

大衛領著Diamond，來到一家豆品店。

那的確是一家小店，店舖面積大概得三百呎，有幾個卡座，賣的是煎釀豆腐、炒麵、粥、豆漿。

「一碟煎釀豆腐，兩碗粥。」大衛邊走進店內，邊點了食物。

但店內幾乎沒有空位，只有一邊的卡座，於是二人便坐在一邊。

「你那家水餃店，這種規模應該差不多。」大衛自顧自說。

「我的？」

「我們的。」

侍應剛巧把一碟兩件的豆腐放在枱上。

「我喜歡這裏的煎豆腐，十六蚊有四件，還有魚肉的。」大衛邊吃邊說。

「為甚麼你不加醬料？豉油也不下？」Diamond 看著吃得滋味的大衛。

大衛看一看 Diamond，然後從放在枱面的醬料中，拿起了其中一樽。

「甜醬？你要嗎？」大衛問 Diamond。

「我不要，我問你為甚麼不要？」

大衛把甜醬放低，再拿起另一支。

「辣醬？」

Diamond 有點不耐煩，便不再作聲，大衛見她沒有反應，也把辣醬放低，繼續吃他的煎釀豆腐。

「你不吃豆腐嗎？」過了半晌，大衛問 Diamond。

Diamond 有點難以置信，今天的大衛好像有點不一樣。

「你可以隨便加醬料的。」

那碟豆腐，還剩兩件，齊齊整整的。

「我不吃，我有豆腐花，你吃吧。」

「我有個朋友，很喜歡吃醬料，腸粉、炒麵、豆腐，只要有甜醬、辣醬、麻醬放在枱面，他也不會放過，每次下醬料之前都沒有問我介不介意，二話不說便把醬料淋在食物上。我也沒有阻止他，那些醬料我只是不喜歡，吃了也不會死人，沒所謂吧。」大衛有點似在自說自話。

「那你為甚麼不阻止他，或者告訴他你不喜歡。」

「沒有必要吧，那麼小事。況且，我想他以為我跟他一樣，都喜歡吃醬料。」

「嗯……」

「我曾經因為想念那個人，下很多醬料在食物中，以為這樣會和他的距離拉近一點。現在，我已經不想和他有關係，所以更加不會想加醬料，而本來我也是不吃醬料的。」

大衛一直看著那碟豆腐一邊說，似像說別人的故事一樣，也沒有看過Diamond的反應。

「所以，你剛才問到，我也不知怎樣答你，但你想加醬料的話是沒有問題的。」現在，他才看著Diamond。

當有人跟你說心事，而你不想參與意見，最好的做法就是裝著若無其事和拉開話題。Diamond不想參與意見，不是因為她不重視大衛的心事，而是她覺得大衛很少說他自己的事，他會說他一定經過了很多的思考、整理，在腦海規劃了他這個感覺應該如何表達，而恰巧Diamond的醬料一問，令他在腦海中做了這個資料整理。Diamond知道她無意之中開啟了大衛的一道門。

「你覺得我們的水餃店應該改甚麼名？」她乖巧地拉開了話題。

「你決定。」大衛一笑。

也許，男人對文字都沒甚麼所謂，還是這個行為太親密，大衛還未覺得他和 Diamond 去到這個地步？但這又是個甚麼地步呢？只不過是大家有可能合資的一家小店，死物來的，不同為寵物、為生物改名，那尚有一個為人「家長」、「父母」的象徵意義，但一家店只是一門生意、一個產品，應該以處理一件公事的概念去進行。但是，有時我們決定用哪一個想法去進行一件事，重點不放在事件本身，而是處理那件事的行為本身的意義。

大衛將店舖改名這個責任交給 Diamond 處理，因為他不把這當作公事看待。

Diamond 沒有想那麼多，她很快便為水餃店改了一個名。

Diamond 和大衛看了不少舖位，由西區開始看，本來以為西區的租金應該比起銅鑼灣、金鐘、灣仔便宜，但因為地鐵已經通車，且有不少舊樓都經過翻新重建，店舖的類型都重新洗牌。現在的西區很受外國人歡迎，時尚但又不太繁忙，有不少露天或半露天的餐廳開業，租金又自然上升。

他們也有去過灣仔區看看，要在那一區任何一個位置開舖幾近沒可能，租盤供應少，就算有都是在一些大樓或商場內，還有少許感覺的如船街，沒有供應之餘，租金也令人咋舌，不做水酒生意的食肆，沒有可能生存。

「我記得囍帖街就是在這裏附近。」Diamond 對大衛說。

「甚麼在這裏附近？你腳踏著就是囍帖街嘛。」

Diamond 以為大衛作弄她，這裏是歌德式建築的廣場，如主題公園般有音樂播放著，沿路還有銅像雕塑；旁邊是簇新的樓盤，樓與樓之間有大紅的彩帶連繫著，還有在拉客的地產經紀，怎會是囍帖街？況且那些做囍帖的舖頭呢？在哪兒？

「這裏差點要改名做〖喜歡里〗，幸保不失，最後只叫回利東街，不過以前做囍帖的舖都沒有了，名店就多著。」

Diamond 聽了，差點要哭出來。

如果，醬料是大衛和情人以前的回憶，那麼她和宏光在這裏也有過一片的歡樂時光。

他們很多時候都會去利東街一家小炒飯店，宏光說那裏很有風味，他最喜歡吃的就是那裏的炸大腸，每次 Diamond 都會說炸大腸毫無營養價值，不知道有甚麼好吃，而宏光每次都會夾起一件，要 Diamond 試一下，她每次都把他推開。她和大衛不同，大衛不喜歡吃醬料，但是他會為喜歡的人吃，甚至樂意假裝，希望對方以為和自己有共同的喜好；Diamond 卻不會，她推開宏光的原因，不是因為那件炸大腸高脂，她吃了會敏感，而是因為她知道有時候女人要把男人推開，那是情趣，況且大事她沒有本事推開他，唯有在小事上發揮。

「你在想甚麼？」大衛問發呆的 Diamond。

「人面全非。」Diamond 感慨地吐出這四個字。

「桃花也不依舊，人面全非是正常吧。幸好我沒有以為景物可以依舊，所以對人面全非也沒有甚麼感覺。」

「有紀念價值的地方，灰飛煙滅，也沒有感覺？」

「我比較幸運，有紀念價值的還健在，但已轉了手，還開了數家分店，你說這算不算人面全非？」大衛想起那一家和瑪嘉烈去過的車仔麵就在這裏附近開了分店。

「我也不知道。」Diamond 一陣黯然。

「你的老地方還在嗎？」

「也許吧，不過在與不在，其實又沒有很大分別，你有去那些分店嗎？」

「分店？本店我也沒有再去。」

「你不似那麼絕情。」Diamond 其實想問那家是甚麼店，在哪裏，可不可以帶她去？但她明白，正如她不會想帶大衛去找尋那家炸大腸小炒一樣，有些回憶應該是屬於自己的。

「你肚餓嗎？」她問大衛。

「一點點，這裏雖然面目全非，但是都有些店做得不錯的，那邊有間吃越南粉的，要試嗎？」

Diamond 做了一個急不及待的表情。

大文號決定選址在商業區的一條橫街之內，很難想像在甲級寫字樓包圍之下還可以有橫街小巷的存在。那條小巷約一百米長，左右兩邊有五、六間店鋪，都是食肆來的，每間都幾乎是蚊型店，有的只有四、五個座位，有的甚至只做外賣。

是Diamond決定租這裏的，一則鋪租合理，二則她想像到廚房只會有她一個人負責打理，若地方太大，即是搵自己笨，這裏約二百呎，除了廚房佔的位置，只可以放一張二人枱，就算做外賣，忙極也有一個譜。大文號還有一個特式，就是營業時間。

「大文號是否應該五天工作。」大衛問題Diamond。

「選在這裏開業，就是這個原因，周末是死城，而且五天工作是基本人權。」

「你有沒有想過參選特首？這麼體恤市民。」

「營業時間只到下午三時。」

「三時？晚市不做便算，但下午茶也不做嗎？」大衛有點愕然。

「要做下午茶的理由是甚麼？下午茶的概念就是提供比正常飯市便宜的食物，大件夾抵食，我不覺得我的水餃在不同時段收費會有所減少，因為我的水餃甚麼時候吃都好吃。」Diamond 自信十足。

「喔，這門生意真的是為興趣，不打算賺錢。」

「你要賺錢可以收工之後去做 Uber 司機，跟以前一樣。」

「你要賺。」

「誰說我要賺？還有，我有一個要求，就是每天只賣二百隻，不，百五隻好了。」

「百五？」大衛的反應是震驚，他拿出手機，按按計算機。「假設每碗有六隻，每天賣廿五碗？」

「每天營業三小時，差不多吧。」Diamond 不置可否。

「那……做外賣嗎？若果做外賣一定不夠。」

「甚麼時候你變得那樣進取？包一百五十隻餃子，你覺得簡單嗎？把產品標籤成限量，是受歡迎的要訣，你不覺得限量的貨物特別賣得快嗎？當我們受歡迎了，再考慮擴張業務，例如做外賣。」

「你不做外賣也好，我並不特別想做外賣仔。」

大文號的營業時間只到下午三點，每天賣一百五十隻，以這個形式試業三個月，這是 Diamond 和大衛的共識。

「你打算那百五隻餃子，是甚麼餡料？」大衛想到 Diamond 的餃子有很多不同的花款，這應該是吸引客人的元素。

「Daily Special。」

「Daily Special？每天只做一款？」

「對。」

「這樣也好，可以減低成本。」

「但我不會告訴顧客今天的 Daily Special 是甚麼。」

「甚麼？」Diamond 的主意真的奇怪。「即是不吃羊的話，會有機會得到羊肉餃？不吃豬又有機會得到豬肉餃？」

「對。」

「那麼這個情形出現的話，你會回水嗎？」

「不會。」

「嗯……」大衛有點無言以對，這樣做生意，百分之九十賠本收場。

「你不覺得太冒險嗎？」

「我不想做生意的，但要我做的話就要依我自己喜歡的方法。」

「你這種戲弄顧客的方法，又是甚麼玩法？」

「甚麼玩法？最近經常聽到人這樣問：著鞋唔著襪是甚麼玩法？認錢不認人是甚麼玩法？這句甚麼玩法是潮語嗎？」

Diamond 説話的重點，十分飄忽，又是一個甚麼玩法？

Diamond這套「神秘餃子」的玩法不是隨口說出來的即興概念，是大衛的醬料論啟發了她，她想想自己也有很多不吃的食物，但所謂不吃，並不是指吃了會有生命危險，只是不願意吃，不願意因為覺得那些食物不美，賣相不美，味道應該也不美，她想起第一次吃生蠔的經驗。

她一直以來都十分抗拒吃生蠔，和朋友去吃自助餐，各人都半打半打的拿回來，但她一隻也沒有拿，自助餐有生蠔不吃是一種罪孽，大家都當她是異類，但無論怎樣威迫利誘，就算被投以奇異眼光，她也拒絕，或者她天生對生蠔有種厭惡感。

那時她剛和宏光「復合」不久，剛復合的情人有如大病初癒的病人，狀況比較反覆，她尚記得宏光一臉愁容，說自己很內疚，每天對著太太都很有罪惡感，不知怎樣面對太太。Diamond 知道男人退縮之前都會裝出一個脆弱的樣子，好讓女人憐憫他們的同時，有一個隨時分手的心理準備。

宏光很喜歡吃生蠔，有一間蠔吧是他們經常約會的地點，每次 Diamond 都只是看著他吃，她就點其他食物，不過那一晚 Diamond 點了生蠔，她在宏光面前一口氣吃了六隻。

宏光十分驚訝，他覺得 Diamond 此舉一定是受了打擊，他有嘗試過阻止她，但 Diamond 聽不到，她把一只一只生蠔放入口，泰然自若，旁人會以為她是一個生蠔愛好者。

女人有失常態，一般情況之下都能起到阻嚇作用，Diamond 並不是想恐嚇宏光，她那時心裏只是想在宏光面前做一樣她不敢做、不敢試的事情，她想他在身邊陪她經歷多一些。自那一次之後，宏光也有一段長時間沒有在她面前露出脆弱的樣子，而 Diamond 覺得生蠔味道其實也不錯。

所以，Diamond 覺得做一些自己本身抗拒的事情，對原來的狀況會有幫助，至少不會更壞。要踏出這一步，需要有特別的動力，日常生活沒有甚麼能驅使一個人去打破自己的防禦網，但在不知情下則有可能。

神秘餃子的概念就是這樣誕生。

這些無傷大雅的險，很多人都不介意去冒。Diamond 的估計沒有錯，大文號開業以來，那一百五十隻餃子每天兩點前都賣光，有人喜歡餃子的味道，更多人喜歡吃到驚喜的感覺。

Diamond 以為自己會是非常玩票的性質，但得到認同，令她投入起來。她每天七點起床，然後便會到街市去買當日需要的材料，接著就會回鋪頭包餃子，包一百五十隻餃子，由預備餡料開始計，大概需要三小時。大衛則會在 Diamond 包餃子的時候負責執拾、打掃一下鋪面，未到中午便有顧客，一直到飯市過後，人潮散去。

經過了多個月，大文號還累積了一定的熟客，來吃餃子之餘還會聊上幾句，Diamond 想不到平日寡言的大衛也樂意與顧客聯誼。

無需多講，很多人以為他們是情侶，更多人以為他們是夫婦。

這天大衛生病，大文號只得 Diamond 一個，水餃繼續在二時之前已經賣光，通常收舖之後他們都會在店內吃午飯，大衛會吃當日的水餃，Diamond 則喜歡吃外賣，她造完百多隻餃子，和它們相對了一整個半天，要透一透氣。

她今天買了附近的海南雞飯來吃，海南雞飯有兩種，一種是泰式，另一種是新加坡式，Diamond 比較喜歡吃有甜豉油的新加坡式，但是要在香港找到像樣的海南雞飯十分難。

她吃過最好吃的應該是在新加坡，那當然啦，正如要吃雲吞麵，哪有地方比香港的做得出色？新加坡有許多餐廳都有供應海南雞飯，又正如台灣有千千萬萬家台灣牛肉麵一樣。為甚麼 Diamond 會對那家海南雞飯特別有印象？因為是那次行程的最後一餐，差不多要去機場時她忽然記得她還未吃海南雞飯，去新加坡不吃海南雞等如沒去過新加坡，於是匆匆在酒店餐廳吃了一個海南雞飯。就是這樣，並沒有去所謂「名店」，也沒有指定要去哪一家，只是即興地吃了一個酒店的海南雞飯，那卻是最好的回憶，因為宏光在她身邊。

已經有一段長時間沒有吃過海南雞飯，也是這個原因。

Diamond 一邊吃一邊想起新加坡的海南雞飯，她告訴自己，她是掛念那些雞、那些飯、那些甜豉油，她不是掛念那個人。

這時，門外有人。

「請問……」是一把女子的聲音。

有些人你不曾認識他們，但看到他們時又總覺似曾相識。

「請問……餃子賣完了嗎？」看她一身套裝的打扮，應該是在附近工作的 OL。

「賣完了。」Diamond 看清楚這個女子的長相，雖然不是青春少艾，但薄施一層脂粉已覺神采飛揚，她應該生活得很愉快。

「那麼……今天賣的是甚麼餃子？」真奇怪，都說賣完了，為甚麼要知道一些已經消逝了的過去。

「今天賣的是羊肉餃，不過……」

「你能夠給我再包一些嗎？我只要生的。」女子的語氣有點哀求的意味。

Diamond 覺得這個女子似曾相識，本來就已經有些親切感，如果還有材料的話，她的確會為她額外做，但是她又的確沒有材料。

「對不起，已沒有材料了……」

「沒有羊不緊要，甚麼餃也可以。」飢不擇食就是這個意思。

「好吧，素菜可以嗎？」Diamond 是一個心軟的人。

「我可以幫你一起包的。」女子聞言，十分雀躍。

Diamond 又不明白，明明自己懂得做的，為甚麼要假手於人。

「你要多少？」

「兩打可以嗎？」

Diamond略有猶豫。

「如果太多……」

「不，我怕不夠材料而已。你坐吧，等一下就行。」

說著Diamond便拿出僅有的材料，開始切菜。

「要幫手嗎？」

「不用，你坐吧。」

Diamond的手勢利落、純熟，那女子由本來坐著，然後站起來，再站到Diamond面前，如欣賞表演般看著她包餃子。

「其實包餃子很容易學，沒有甚麼技巧，包得多自然會純熟。」

「你包餃子的方法和我不相同，不過，因為我男朋友很喜歡吃你的餃子，吃過之後一直在讚，就想買點給他吧，我也懶得自己包。」

Diamond一笑。

「這款是素菜，他會喜歡嗎？」

「不理了，告訴他是在這裏買，他已經會很高興，不用那麼服侍周到，況且我也不記得他上次說吃過的是哪款餃子。」女子又顯得滿不在乎。

Diamond 很快便做好了餃子。

「謝謝，喔，你們送外賣嗎？」

「暫時不。」

「希望你們會做外賣服務，我一定會光顧的。」女子說著，拿著餃子高高興興的離開了。

Diamond 仍然覺得她很眼熟，究竟在哪裏見過她？

清蛋糕

一個女人的最大理想是甚麼？找到一個好男人，和他組織家庭，生兒育女，過著幸福快樂的生活。這理想沒有學歷高低、職業貴賤之分，有哪個女人不想嫁？要嫁誰不想嫁個好的？

瑪嘉烈是特別，但不至於與別不同，她也有過結婚的念頭，但她不急，女人急著要結婚，不外乎時限兩個字。

有些女人喜歡給自己Deadine，一定要在三十、三十五、四十歲前結婚，那些通常是女強人類，喜歡為自己訂下目標，於是為求達標，不擇手段之外，也會不理好醜，總之人一世物一世，一定要結婚，就算當下沒有甚麼選擇，性格好像不夾，但結了再算，人會改變的，希望在明天。非女強人類的時限，則來自生理時鐘，要生孩子的話，早總好過遲。同樣地，為了達這個生仔標，一樣會不理好醜，就算明知那個不是自己一生中最愛，但他肯生孩子，也會收貨。

瑪嘉烈也曾經給自己時限，她希望可以在某個歲數結婚，但是那個歲數十分彈性，由三十變三十五，由三十五再變四十，瑪嘉烈對婚姻有幻想，但是她不急；而對於小朋友，瑪嘉烈更加沒有興趣。所以，這兩個時限沒有令她向婚姻妥協，她眼看不少身邊的朋友，閃電結婚的有、深思熟慮的有，但最後都是離婚收場，就好像Candy，聽說她跟趙子龍結婚後，不久又鬧離婚，之後也沒有聽過二人的消息。

有一次，瑪嘉烈也曾經考慮結婚，她考慮過要不要嫁給大衛。

大衛沒有向瑪嘉烈求婚，她毫不憧憬這些場面，她不嚮往童話故事，給她玫瑰花海、鑽石戒指是沒有意思的，她需要的是很多很多的愛，大衛知道的。大衛對瑪嘉烈的愛是無庸置疑，如果可以的話他想他們可以一生一世，但婚姻可以是戀愛的墳墓，大衛未至於會自掘墳墓。

結婚這個課題是瑪嘉烈自己提出的。

那年，他們去了夏威夷慶祝瑪嘉烈的生日，地點是大衛選的，瑪嘉烈不明白為甚麼大衛總是會選陽光海灘的地方和她渡假，她知道大衛是為了遷就她，但是她不明白為甚麼他不去發掘一些他們有共同興趣的地方去旅遊？

有時她會懷念兩個人一同去發現一些新事物的刺激感，而大衛根本不是喜歡新鮮感的人，她不一定要去曬太陽的，大衛壓根兒就是懶得去想，他已有一套和瑪嘉烈相處的方程式，而且習慣了。

去旅行，最掃興就是生病。瑪嘉烈在旅程的第二天便病倒了，又痾又嘔又發燒，原本大衛訂了一家高級餐廳和瑪嘉烈慶祝生日都要取消。生日當天，瑪嘉烈睡了一整天，就當她睡得不分日夜，矇矇矓矓之際，她看到前面有一點燭光，愈走愈近，然後她看到是大衛捧著一個蛋糕，來到她面前。

瑪嘉烈看到那是一個沒有忌廉、朱古力、生果、糖霜、任何裝飾的清蛋糕。大衛告訴她，生日一定要吃蛋糕和許願。

瑪嘉烈撐起身、閉上眼，默默地許了一個願，然後也吃了一口蛋糕。

「這蛋糕太不像樣，做得太濕，也沒有蛋味，那麼簡單的蛋糕也做不好，這是甚麼餅店？」瑪嘉烈應該病好了。

「喔……那是……我自己做的。」大衛有點難以啟齒。

「你自己造？」

「我去上了一天的 Cooking Class……這些蛋糕酒店沒有，也不知去哪裏買，那不如自己做，可能我的英文太差，不明白老師說甚麼……」

對自己這樣好的男人，可以到哪裏找？

「不如我嫁給你。」瑪嘉烈伸手輕撫大衛的臉。

瑪嘉烈說的時候是真心的，但真心可以維持多久？她有點懷疑那不是第一次提及結婚的話題，總有些兩口子甜蜜溫馨的時候，會拿這個話題來調情、來戲謔、來試探，一定有的，但瑪嘉烈的記憶很模糊，記不起了。

她想不到這次，大衛認真的反應。夏威夷回來之後的某一天，大衛去接瑪嘉烈放工。都一起差不多五年了，大衛仍然會去接瑪嘉烈，只不過沒有以前般頻密，不是大衛懶了，是瑪嘉烈放工之後每每都有很多其他活動，例如做瑜伽、跑步、同事聚會，現在只有特別日子，大衛才會去接她。

那一晚，大衛車瑪嘉烈去到置地廣場，他說要買點東西，想瑪嘉烈幫一下眼。瑪嘉烈看到那淺藍色的店，她有點不知所措。

女人如果已經認定對方是終身伴侶，總會對求婚或任何結婚的明示或暗示有所期待，到那一刻真的來臨時應該乍驚乍喜，一早已立心要嫁的立時感動流淚，就算不是百分之九十想嫁，看到那隻戒指也總會被打動。瑪嘉烈的不知所措不是這些原因，她的不知所措是不知怎樣去逃避即將要發生的事情。那一刻，她知道她還未想結婚，一個已到或已過適婚年齡的女人和一個男人一起五年，還未想結婚，那應該是不想和他結婚多於不想結婚。

大衛向店員示意，笑意盈盈的女店員拿出了一個絲絨托盤，上面放了兩隻戒指。瑪嘉烈細看那兩隻戒指，是不同款式的，一隻是玫瑰金，另一隻是鉑金，是最簡約經典的款式。

「這兩款你看喜歡哪一款？」大衛看著瑪嘉烈。

「你說呢？」瑪嘉烈真的不懂反應，唯有把問題交回給大衛。

「我就是決定不了，所以找你來幫幫眼。」

「嗯……這……是……做甚麼的？」

「這是結婚戒指，當然是結婚用。」

「誰要和誰結婚？」

說到這裏，店員識趣的行開了。

瑪嘉烈不是存心想找砸子，她真的想知道答案，要跟女朋友求婚的話，會有人那麼老實，買戒指會帶女朋友一起去挑選？她只是想確認一下誰是那戒指的未來主人。大衛雖然老實，但他以前都會花多一點心思製造驚喜的。

「不是我和你是誰？」大衛對於瑪嘉烈的問題也感到有點愕然。

瑪嘉烈一臉愕然的程度不會比大衛低。

「怎麼了？」大衛覺得有點勢色不對。

「你……不覺得……喔……不如你決定。」

「你是不是覺得有甚麼問題？」瑪嘉烈的反應的確超出預期。

「……我有點不舒服。」瑪嘉烈按著她的胸口。

「你沒事吧？」

瑪嘉烈隨即起身，離開。

出到門外，她扶著牆邊，深呼吸了一下，不是偽裝的，她的確有一點暈眩，還有一點作悶，都不知這是心理還是生理反應。

過了一會，大衛匆匆出來，一手扶著倚在牆邊的瑪嘉烈。

「我們回家吧。」大衛就只說了這一句。

以後，他們再也沒有去過蒂凡尼。

殺人的比被殺的更痛苦，如果對被殺的那個有感情的話。

要離開大衛這個決定，瑪嘉烈不是一時衝動，那是經過深思熟慮。她並不是不愛大衛，她當然愛他，她甚至想過嫁給他，但當「想嫁給他」的那刻衝動過去了之後，她心底裏已經想反悔。

經常有人說兩個人要一起，Timing 很重要，五年過去了，Timing 還是不對？那是一起多久才算是合適的 Timing？

說分手是很難的，尤其是對一個很愛你的人，怎麼開口？不過，瑪嘉烈唯一可以做到的就是告訴大衛她要走了。她知道大衛不會怪她，她知道大衛對她的愛大過對她的恨，如果有恨的話；那麼她還為甚麼要離開大衛呢？

因為，瑪嘉烈知道她愛上了另一個人。

瑪嘉烈怎會沒試過一腳踏兩船，但踏的形式有所不同，有些人只是讓她心動了一下，然後就會平復下來，甚麼都沒有發生過，回復正常生活。她知道某些人只是逢場作興，不會對已存在的那份感情構成威脅，但在長遠而平淡的感情生活中，有人能夠在你的心裏泛起漣漪，這是難以抗拒的；找另一個人為自己的感情生活調劑一下，並沒有甚麼大不了，對瑪嘉烈來說，那說不上是出軌。

不過，她決定離開大衛，不是因為她對新歡有多認真，而是她不可以這樣對大衛。不想再向大衛隱瞞，這是一個不再愛他的跡象；若果你想繼續和那個人一起，不會做出傷感情的事，說真話就是其中一種。

對，有些人你不愛他，你可以為他做的就是不再欺騙他。

她搬離他們的住所時，瑪嘉烈真的很難過，她知道大衛很愛她，但她不能因為他愛她便勉強自己，瑪嘉烈從來都知道自己需要些甚麼。大衛的反應如她所料，他一如以往的冷靜，沒有問原因、沒有嘲諷，也沒有挽留，他甚至問瑪嘉烈要不要幫手，知道他其實還愛著她。

她也幻想過大衛會有大一點的反應，擲東西，對她破口大罵，那麼她可以委屈地對他說一句對不起，心裏也會覺得好過些。

要離開一個愛自己的人是很痛苦的，欠人的愛情是還不了，她的確真心真意和他一起過，只不過不能一直下去。瑪嘉烈知道，她可能不會再找一個這樣愛她的男人，但她不想就此妥協，她還想看看其他的愛情世界，她還想去冒一下險，失敗了，會傷心，但會好的，況且她知道大衛不會走開的。

瑪嘉烈和她的大部分前度都沒有變做仇人，意思是就算今天再次在街上遇到，大家也會毫不避忌的打聲招呼，但是沒有和某一個保持聯絡。保持聯絡這件事情是雙方面的，以瑪嘉烈的性格，她不會主動和前度保持聯絡，但是卻沒有一個前度會做主動，就算當日明明是和平分手，曾經有講過「我們還是朋友」、「Keep In Touch」之類的説話，到最後一個也沒有出現，可想而知當日所講的都只是客套話，沒有一個男人對瑪嘉烈有所留戀，瑪嘉烈當然不會介意，她根本想不起。

當她想到邀請大衛去她生日派對，她是刻意的，但並不是刻意的要和他繼續有連繫，而是她想大衛知道她已經有男朋友。因為，她離開時沒有告訴他全部的真相，大衛不知道她已經愛上了別人，現在瑪嘉烈想告訴他全部，因為她不想再蹉跎大衛的光陰，虛耗他的感情。

生日會上，她沒有見到他，第二天醒來瑪嘉烈收到大衛發出的訊息：「HBD」。瑪嘉烈對這個簡單的訊息，有點失望，她以為大衛會有多點話跟她說。究竟他有沒有來到呢？瑪嘉烈本來不打算回覆的，最後她回覆了一個單眼的Emoji，大衛成了第一個和她保持聯絡的前度。

可能因為水星逆行，在這期間特別容易令人懷舊，翻看看過的電影、去以前喜歡去的地方、想起過去的人，而且也特別容易與過往的人與事重逢，和大衛有一絲的聯繫之後，想不到接著出現的是Candy。

「我下個月移民。」這是Candy的來意。

瑪嘉烈和Candy從來都只是比較談得來的同事，自從她說要和趙子龍結婚、辭了職，之後便再沒有聯絡過。大衛沒有提過趙子龍有派喜帖給他，她也沒有收過Candy的音訊；瑪嘉烈偶爾都有留意一些寵物美容的消息，但都沒有聽到有一家叫「我和你」，這兩個人就此消失了一陣子。

「香港還是不適合我，還是過北美跟家人一起生活，他們都賣掉了生意、物業，撤出香港。」

「〖我和你〗的生意怎樣？」瑪嘉烈留意到 Candy 手上沒有結婚戒指，引起她的好奇心。

「〖我和你〗……沒有了！」Candy 的語氣像在講一個本來有一點點喜歡的手袋，沒有把它買下來，但給人買了，有一點點可惜，但又沒所謂。

「我發覺原來不是那麼喜歡他，熱情過後，甚麼也打回原形。」Candy 說的打回原形，究竟是誰把誰打回原形？

「你和大衛呢？結婚了沒有？」

「我們分開了。」瑪嘉烈答得十分乾脆。

「甚麼？」通常聽者的反應都會比當事人大。

「你和大衛分手？」而且他們會覺得難以置信，以為在講笑，但誰又會開這種玩笑？

「你們一起多久？四年？五年？」

瑪嘉烈不打算回答。

「我都明……那麼你現在有拍拖嗎？」究竟她明白些甚麼呢？

「都有……」

「誰？」Candy 好像變得比以前八卦。

「你不認識的。」

「哦……也好。」

「甚麼？」

「沒甚麼，男人呢……很奇怪，他們可以喜歡一些自己不會喜歡的人，女人真的要小心。」

「我要走了，還有下場要趕，不離開不知道自己有這麼多人要見，我不會一年回來兩、三次探親的，所以不知幾時再見，你 Take Care 吧，Keep In Touch！」

「喜歡一些自己不會喜歡的人。」瑪嘉烈還在想這句說話。

Candy 在說趙子龍嗎？

人生總會遇上一些狼狽的經歷，對瑪嘉烈來說遇上趙子龍，是她最狼狽的一次。

要騙財騙色騙感情，或想享受不會纏上身的感情關係，最好瞄準已有家室的、情人的來搞；瞞著正印偷跳，他們在暗，最後出了事，被第三者傷了心，或人財兩失，也不好意思出聲求救，甚至連找個訴苦的對象也不能。

瑪嘉烈遇上趙子龍就是這個情況，這個地球上應該只有他們兩個才知道他們發生過甚麼事。說他是騙子，他其實又沒有騙過瑪嘉烈些甚麼，他只是遙遙的向瑪嘉烈伸出了食指，做了一下「來吧」的手勢，瑪嘉烈的心便動了。然後，在瑪嘉烈還在幻想以後的故事發展時，趙子龍忽然一個變臉，戀上另一位。這一下打擊當然大，但是瑪嘉烈也非第一天談戀愛的，她又怎會被嚇倒？他更不是甚麼情場高手，只是如龍捲風一般，搗亂了一下便走了，雖然心動了，但來不及動真情便完了。

雖然，是他做主動，然後又離開，但這些例子多的是，瑪嘉烈自己也試過，龍捲風要走便走，不留；說她狼狽，是心態上的，難道她會失態嗎？

人應該自愛，其中一個不二法門就是不要犯賤，要離開的便由他去，絕對是對方的損失，找上門哭哭啼啼、哀求別人留低，留給九流電視劇去做吧，瑪嘉烈不會，她一刻也沒有想過要去找趙子龍問個究竟，她甚至不想再見到這個人。

趙子龍離開了她和大衛的生活之後，他們的感情的確好像好起來，龍捲風過後，總會帶來一陣子的平靜；回復正常生活，畢竟是很多人的心願。

瑪嘉烈也以為經過那一次，和大衛可以繼續走下去，直至「蝦餃」和「燒賣」出事；那兩隻趙子龍留下來的小貓，幾乎同一時間器官衰竭。

「牠們連水也不喝，很辛苦，不如送牠們走吧。」大衛這樣建議。

「甚麼？你是人嗎？」想不到瑪嘉烈的反應極大。

「你生病，我帶你去人道毀滅好不好？」

「那不是病，那是無藥可救。」

「你才無藥可救。」

「你為甚麼那麼大反應？」大衛也有一點動氣。

「你沒有責任感，就不要學人養寵物。我最討厭人道毀滅這四個字，謀殺是沒有人道可言的！」

「話不是這樣說，文明的國家有安樂死，明知生存無望，與其繼續受苦，不如安樂的走。」

「對，文明的國家和文明的人才可以選擇安樂死，你不是動物，你怎知道牠們不想多留在人間一陣子，多見牠們的朋友、主人一眼？」

「那你也不會知道牠們是否寧願早點離開，不想再貪戀這個虛偽的人世間？」

「你真的不講道理！」

「我就是在講道理，你不捨得牠們，是因為那是趙子龍留下的嗎？」

那一刻，瑪嘉烈知道，以為只有天知、地知的事情，原來別人也會知，原來趙子龍在她和大衛之間留下了一條不能彌補的裂縫。

在哪裡

周末，大文號營業，因為 Diamond 想包餃子，想做就做，不想做就可以不做，這是很多人的理想，聽來簡單，要實踐又真的不易。假日會來光顧的都是生客，有些人喜歡周末到平時不會到的社區尋寶，當作一個節目，只可以說在香港可供市民消閒的節目少之又少，九龍過香港都是一項活動。

即興地開門做生意，通常都只得 Diamond 一個人，因為她沒有告訴大衛，她想在店內靜靜的工作，對她來說是一種治療。Diamond 需要療的是甚麼傷？她自己也不大清楚，她只覺得有時候會莫名地傷感，覺得生活沒有甚麼意義、覺得人生存在世很痛苦，她不想這樣想，所以她便做餃子，因為這可以令她感受自己的存在意義。

正當她埋首之際。

「你好。」

抬頭一看，Diamond 認得她，是那位為男朋友買餃子的女子。

「真好運，你們今天竟然開門。」女子欣然走進店內。

「今天有甚麼餃？」

「不好意思，今天都是素菜。」

「不要緊，我想要一打。」

「生的還是熟的？」

「熟的，外賣。」

「好，你等一下。」

Diamond 點了點頭，然後便去準備。

「買了，要等一下，你到了嗎？」

舖很小，Diamond 很自然地便聽到客人的説話，女子想必和對方在話音通訊，Diamond 其實不明白能夠話音通訊，為何不直接通話，弄得電話好像對講機一樣，都不知是進步還是退化。

不久，女子看到門外有人，於是走了出去。

Diamond 引頸看看，以他們說話的態度來看，那一定是她的男朋友。那位男朋友看來年紀比女子輕，不過說不定的，年紀方面，男人永遠比女人優勝，郭富城又似五十二歲嗎？他的個子比較高大，身形有線條，應該平時有健身。女子和男朋友身形上相襯，但相貌上則不，至少不會一看就是夫妻相，而且皮膚的顏色也不同，女的皮膚白嫩，男的黝黑粗糙，髮型兩邊剷青，然後紮了一條小辮子，還戴了一副太陽眼鏡。

Diamond 喜歡煮水餃其中的一個好處就是不需要太過專注，把餃子放進沸水就可以。

他們不知道在討論甚麼，聲線愈來愈大，但聽不清楚內容，男的手舞足蹈，女的擰轉身、別過臉，男的動手把她轉過身來看著自己，然後他們互相看著對方，再沒有說出一句話。

水餃適時煮滾了，Diamond 立刻把爐頭關掉，再把水餃從鍋裏倒出來，她再抬頭時，門外那兩個人都不見了。Diamond 繼續把水餃包好，別人負她，總好過她負別人，她不來拿是她的事，自己總要做好自己的本份。

回來是那個男的。

「不好意思。」他向 Diamond 點了點頭。

「你的外賣。」Diamond 把餃子遞給他。

「麻煩你。」男人放低了錢。

這麼有禮和他的外表又有點不相似，男人離開之際，忽然回頭。

「你有沒有卡片？」他問 Diamond。

「噢……我們沒有的。」她壓根兒不當這是一盤生意，想也沒想過要印卡片。

「那……如果想叫外賣，怎麼辦？打給你嗎？」

「我們……暫時不做外賣。」

「喔，這樣子。」

然後，男人拿出了一張名片，放低在 Diamond 面前。

「這是我的卡片。」

然後他就離開了。

Diamond 看著那張卡片，覺得那個名字有點印象，在哪裏聽過呢？

對於懷疑男朋友有外遇這感覺，瑪嘉烈很久也沒有過，自從和大衛一起，她都沒有這種煩惱，連少許的不安全感也沒有，大衛總是令人放心。

但是，能夠讓人放心的不是愛情。

烈火是瑪嘉烈的男朋友。在茫茫人海能夠搭得上，總有原因，連繫著他們是一個「烈」字。他的姓氏、她的名字，說起來有點老套，但當事人覺得這個字將他們連起來，其實大家都只不過需要一個搭上對方的藉口，總好過說被大家的外表吸引。

不過，吸引瑪嘉烈的還有烈火的激情。

他的激情除了體現在相識不久便和瑪嘉烈打得火熱之外，還有體現在他對工作的熱情，烈火是一個廚師。

廚師只有兩種，出名的和無名的，無名的，你等客人，有名的，客人等你；分別就是這樣簡單。烈火是出名的，他最出名的是拒絕了米芝蓮的星，不知多少城中餐廳、老闆、廚師都對這虛名趨之若鶩，因為一旦封星，群眾便會一窩蜂來幫襯，不愁沒有生意。

烈火做的是份子料理，食材不分國籍，總之時令的便會用，做出來的菜式難以用國籍來區分，他的成名作是一味份子魚蛋，有魚蛋的外形，魚蛋的味道，但材料中沒有魚蛋，而且他的份子料理不會開天殺價；這也是他的堅持和理想，他希望所有人都可以用合理的價錢吃到好吃的食物。

所以，餐廳開業以來都廣受歡迎，由一層一千呎，招呼二十個人的，到現在已有兩層，所以他覺得他的成功不需要靠那些虛銜。

瑪嘉烈認識烈火，就是在他的餐廳，她和朋友去吃飯，每一道菜烈火都會過來親自解釋，她留意到並不是每一枱都是由他去解說，當晚烈火就只停留在瑪嘉烈那一枱。瑪嘉烈對於烹飪其實十分有興趣，她聽烈火解釋每道菜的做法時，聽得津津有味，男人投入自己的工作，散發的魅力非同小可，至少把瑪嘉烈吸引了；而當時她仍然和大衛一起，很自然地瑪嘉烈便把這兩個人作比較。

那個晚上，他們知道對方的名字，一個「烈」字燃起了空氣中的愛；烈火告訴她，餐廳的餐單通常一個月會更換一次，但是如果她來的話，他保證會帶給她新鮮感。

瑪嘉烈繼續光顧烈火的餐廳，就在他拒絕米芝蓮的星那一天，瑪嘉烈和烈火一起了。

他告訴瑪嘉烈：「你就是我要摘到的星，其他的都是星塵，不要。」

這種示愛方式叫瑪嘉烈如何抵抗？

吃不厭

究竟是做創作的人容易吸引女人，還是女人天生愛懂創作的男人？

瑪嘉烈沒有答案。

有些女人特別容易沉迷於有才華的男人，但才華這回事其實沒有準則；有一種叫做霎眼的才華，那是因為鍾情於他，他在出前一丁加葱花也會覺得他才華橫溢，情人眼裏出才子。另一種是真的有才，作詩作詞、畫畫彈琴，是美貌之外會令人神往的天賦。

瑪嘉烈曾經也覺得大衛是一個有才華的人，那是初相識的時候，因為大衛會花很多心思去令她開心，但究竟是相處久了，那些心思已擦不出火花？還是大衛已經沒有再花這些心思在瑪嘉烈身上？她不想去深究，可能大衛有做，只是已沒有以往的效果。

烈火不同，他可以做的比加蔥花更多，他會把自己關起來研製菜式，然後發明用腐乳做八道菜，每道都吃不出腐乳的味道，但卻又是真的用了腐乳；其他人不懂欣賞，但是瑪嘉烈懂。在製作的過程，那種忘我與投入，沒有人夠膽走近他，但是瑪嘉烈敢；有些情緒值得近距離欣賞，這樣才能看透每吋神經，瑪嘉烈很久也沒有這種著迷的感覺。

究竟是做創作的人天生大脾氣，還是因為要創作所以才會發脾氣？

瑪嘉烈沒有答案。

每一段關係都有蜜月期，她和烈火這一段的蜜月期特別短，他們很快便開始因為一些意見的分歧而吵架。

「你喜歡甚麼做法的雞？」烈火問。

「豉油雞。」那是瑪嘉烈的拿手本領。

「甚麼？豉油雞？」他覺得難以置信。

「有甚麼問題？豉油雞很難……」她也覺得難以置信。

「不懂吃的人才會喜歡吃豉油雞。」他搶白。

「吃要懂甚麼？懂得自己喜歡甚麼不才是最重要嗎？」她回敬。

「白切雞才能吃到雞的真味，豉油雞只會吃到豉油味。」

有些人聞到火藥味便會收口，但烈火不是這種作風。

「因為你未吃過我煮的豉油雞。」

反而是瑪嘉烈來打圓場。

不過，這些口舌之爭似乎對烈火來說是家常便飯，吵過之後，有人打圓場又好，沒有都好，他都忘記得很快，完全沒有事發生過一樣，瑪嘉烈覺得這是壞處之中的好處。她知道自己其實也不是一個特別好脾氣的小鳥依人，只是她一直遇上的都是會遷就她的男人，和烈火這樣相處，予她一種新鮮感，鬥氣幾句，不會傷感情的。

烈火這個人很自大，永遠覺得自己是最好的，這可能也是創作人的通病，從他口中很少聽到讚美別人的說話，尤其是食物。

所以，第一次聽到他開口讚別家的食物，瑪嘉烈特別為意，她當時心想，原來他都不是那麼自大，到了第二、第三次，甚至經常在社交網絡看到烈火貼出，據他的 hashtag 所講，令他百吃不厭的食物，她覺得這才會傷感情。

瑪嘉烈將那些相片左右端詳，都看不到甚麼特別來，那不過是水餃，她也懂得做，而且應該會做得更好。

那對很面熟的情侶來過之後，過不了兩天那位男朋友又再出現。

Diamond 記得他的名字叫烈火，很易記，他的名片還有一個行政總廚的銜頭，但是她就從未聽過那家餐廳。

「你好。」

這個男人說話的時候文質彬彬，和他的外表毫不相似，他的真面目一定不是這樣子。

Diamond 以微笑回應他。

「你認得我嗎？」他以為自己是誰？劉德華？

「有甚麼可以幫到你？」Diamond 保持微笑。

他從口袋掏出名片放在 Diamond 面前。

「這是我的名片，我叫烈火。」

似乎他一定要知道 Diamond 對他有沒有印象。

「我記得，你和你女朋友一起來。」

「對，我問你們做不做外賣。」

「我記得。我們今天一樣不做外賣。」

「我不是來買外賣的。」

「那有甚麼可以幫到你？」

「你今天賣甚麼餃？」他始終不肯道明來意。

「都賣完了。」

「賣完不要緊，我想知道是甚麼餃？」

「芫茜。」

「芫茜？只得芫茜？」

「有調味的，不過我不會告訴你。」

烈火若有所思。

「我覺得我們會很適合對方。」他正視著 Diamond。

很久也沒有人跟 Diamond 說這些話，她的大部分青春都奉獻給一個人，他跟她說得最多的甜言蜜語是「等我。」、「我會離婚。」。這種表示好感的單刀直入式說話會帶來的感覺，她都忘記了。

「你有沒有興趣加入我的餐廳？」

喔，原來是這樣，但真的嗎？

「我覺得你風格、想法和我很相似，我覺得我們可以合作。」

Diamond 呆呆的看著他。

「我的餐廳是做份子料理的，已做了十年，由最初的幾百呎到現在……」

「喔，對不起，我想我沒有興趣。」Diamond 很快有了答案。

「你可以考慮一下，任何的合作形式也可以試，不一定要每天過來我那邊上班的，我們一個星期見一、兩次，交換一下概念，你不一定要落手煮的，當然如果你想親手煮，我也是無任歡迎。你可以來我的餐廳，試一下我的料理才再決定。」烈火的神情認真而焦急。

「我……考慮一下吧。」Diamond 也不好太拒人於千里。

「你甚麼時候來我的餐廳都可以，先通知我就行。」他總算露出了笑容。

「我想想。」

「那麼……我不打擾你了。喔……你……可以告訴我你的名字嗎？」他竟然表現得有些羞澀。

「我姓林。」

「林小姐。」明顯他有一點失望，對方只告訴你姓氏是一個保持距離的訊號。

「林小姐，我可以要你的電話號碼嗎？」一絲的失望沒有把他擊退，果然有一團火。

Diamond 很快的說了一個電話號碼。

烈火隨即重複了一次，他沒有寫低、沒有拿出電話來輸入。

「再見，林小姐。」

他笑著離開了。

Diamond 發覺自己也在不自覺地微笑，他能夠記得那電話號碼嗎？

Diamond 告訴大衛這個奇遇，她覺得是奇遇，因為從來也沒有人在工作上確認她的存在價值，她的價值都建築在男人身上，同一個男人身上，而今天竟然有人欣賞她的作品。

「你説奇不奇？」

「奇在甚麼？你的餃子做得出色是事實。」

Diamond 伸手往大衛額頭探了探。

「你不舒服嗎？你甚麼時候開始懂得欣賞我？」

「已有一段日子，你不知道嗎？」大衛想這樣説，但他沒有，有點調侃味道的説話，不能隨便説出口，言者無心，聽者可能有意，但若言者有心呢？

Diamond 得不到大衛的回應，也唯有裝作若無其事。

「你想不想去他的餐廳看看？」大衛問。

「嗯……有甚麼好看？」

「你不想看看出面的世界嗎？」

「這裏不就是外面的世界嗎？」

「當然不，大文號是你的世界，外面的人在看你，你也要出去看看，才會有進步。」

Diamond第一次聽大衛説這類的説話，很不像他，但人應該有進步，這可能是他的一種。

「去他的餐廳看看吧！搞不好，吃一頓也是好的，我從來也未吃過份子料理。」大衛繼續遊説她。

「你未吃過，關我甚麼事？」

「我陪你一起去。」

「誰要你陪？」

「我幫你看看那個人信不信得過，我看一眼就知。」

「相士嗎？」

「比相士更可靠。」

Diamond 雖然不算是一個很進取的人，但她卻厭倦了停滯不前，行前兩步又退後兩步，那種生命在膠著的狀況，說不出的沮喪；烈火的邀請，她心底裏感到興奮，另一方面她有點怕，不是怕自己做得不好，她只是怕她會喜歡了那邊的環境、火花，她更怕因而和大衛的關係有變，會影響大文號。

這一種兩個人一起維繫一件事情的連結，是精神寄託，把無法排遣的情感投放進去，又似一個避風港，可以不理世事，從中找到快樂、生活，是一種安全感；而她和大衛也從中建立了另一種感情。

她和大衛由當初的傾訴對象，成為了生活的夥伴，然而他們不是情侶，這大抵就是所謂戀人未滿。有時候，Diamond 覺得他們的關係是跳過了戀愛的階段，直接去了生活，他們的話題都是家常瑣事，哪套連續劇好看、哪裏開了一家新食店，每個月頭都會提對方找卡數、交電費，大文號的生意怎樣，一起談論遇上的怪顧客，甚麼也談，就是沒有談過情。

現在，大衛慫恿她去看看外面的世界，Diamond 又覺得有點失望，她有點想大衛要把她獨佔，要她一直和他一起，留在大文號。

Diamond 和大衛去了烈火的 WTX，WTX 是他餐廳的名字。

「WTX，這類名字以噱頭行先，實際是粗鄙，我們的大文號就有氣質得多，對不對？」

前往餐廳途中，大衛這樣說。

貴賓室

侍應把Diamond和大衛引領至餐廳的另一個角落，那是烈火的貴賓室。吧枱形式的設計，只有6個座位，吧枱面對的就是開放式廚房，客人可以近距離看到廚師在裡面工作，當作欣賞一個表演項目，覺得那一餐的錢花得特別值得。

甫打開門，烈火已經在裡面迎接。

「歡迎。」烈火雙眼一直看著Diamond，而他知道Diamond旁邊有一個人。

「這是我朋友，大衛，他最不喜歡吃份子料理，所以帶他來試試。」

大衛想不到Diamond會如此介紹他，女人真的很懂如何燃起戰意。那位大廚似乎也慣了應酬，懂得分辨説話的性質，而以説話者的身分給予相關的反應。

「大衛，我是烈火。」二人握了握手。

「你令我覺得很有挑戰性。」烈火對大衛說。

「不要聽她說，我甚麼都吃的。」聽到弦外之音，而裝作聽不到也是一門修養的示範，又不是反應彈，不是聽到甚麼也要作出反應的。

「你們先坐坐，喝杯酒，我去準備一下。」

烈火走開了兩步，又回過頭來，對 Diamond 說：「你要不要進來參觀？」

Diamond 遲疑了一下。

「等你煮得如火如荼，我才進來騷擾你，現在我想先喝一杯。」

Diamond 對於不想令誰失望和誰可以接受失望的拿捏通常都很準確，她不想大衛失望。

這一晚的主題是雞，烈火說這是他第一次做的全雞宴，用了來自不同地方的雞，有中國、日本、法國、英國、冰島，為甚麼選雞，他說是因為雞是最普通的食材，要令到平凡成為不平凡，很有挑戰性。

「你最不喜歡哪道菜？」吃到尾聲時，烈火問 Diamond。

不知是否因為喝多了，Diamond 有點混亂。

「我最不喜歡就是豉油雞。」

Diamond 這樣說，現場的兩位男士反應各異，烈火立時哈哈大笑，而大衛則若有所思。

「你們兩個男人聊聊，我去洗手間。」Diamond 說。

「你不喝酒？」烈火為自己倒了一杯威士忌。

「不喝。」大衛禮貌地回應。

「不喝酒的人很悶，哈哈，你不要介意。」

「你也說得對。」

「我想我和 Diamond 可以成為很好的拍檔。」

大衛不語。

「就憑她說她最不喜歡豉油雞，我就知道。」

「豉油雞也沒甚麼問題，只是每個人的口味也不同，喜好也不會一樣，我喜歡豉油雞。」

「那改天我介紹我女朋友給你認識，豉油雞是她的拿手小菜。」烈火的語氣自豪但輕佻。

大衛替他的女朋友可惜。

「你知道最難煮的食物是甚麼？」發問的是衝門而進的 Diamond。

「是蛋！」自問自答的 Diamond 走進了烈火的開放式廚房，她要找一只蛋。

烈火也走進了廚房，他給 Diamond 找來她要的蛋。

Diamond 熟練的打蛋，然後開著了爐頭，在平底鑊上加了上油，放在爐頭上。

「你知道如何炒出完美的蛋嗎？」

「我？」烈火覺得 Diamond 真的很可愛，他是一個拒絕米芝蓮的星的大廚，怎會不知道炒蛋的秘訣？

「這樣！」

Diamond 見平底鑊已有一點煙冒出來，她立時把爐頭熄了，然後把打好的蛋倒進鑊中，再拿起鑊，前後的搖晃，搖了幾下便快速地上碟，完美的炒蛋便煮好了。

烈火看著 Diamond 這場表演，高興的拍起手來，大衛也難掩笑意。

拿著那碟完美的炒蛋，Diamond 看著面前的兩個男人，應該先給誰品嘗第一口炒蛋呢？

新拍檔

很多女人選擇男朋友時，都會以他們的職業為首要元素；但是，並不是從他們的年薪、工種著眼，而是上班時間。一個男人有一份正當職業不難，但有一份正當職業之餘，還有正常的上班時間，則比較難。

正常上班時間之所以重要，除了因為一對情侶需要有相近的作息時間，有利感情滋長，還因為可以防止有外遇。雖然，外遇是防不勝防，但是如果男朋友需要工作至深夜，就會有太多夜歸的藉口，而深宵是人類意志最弱，防禦力最低的時候，任何誘惑都有機可乘；就算誘惑不來敲門，自己也會去找。

瑪嘉烈其實不相信那些如何能夠成功綑綁男朋友的理論，因為通常是對方想綑綁著她，不過和烈火一起之後，她的想法有所改變，尤其是當那位水餃姑娘加入了 WTX 之後。

烈火非常雀躍地告訴她，他找到一個完美的 Partner。瑪嘉烈感謝烈火，原來在他眼中，她是這麼的大方，連她自己也不知道。她不習慣、也不懂表現自己的醋意，但是她暗暗地將自己和水餃姑娘比較，這是所有對潛在情敵都會做的事，瑪嘉烈覺得這樣做，有失身份，她也不想這樣，但她控制不到。

論樣貌她又的確長得標緻，但看來年紀也不少，至少比自己大，額頭和眼尾都有少許皺紋，說話的時候聲音很少，經常只掛著笑容，瑪嘉烈覺得她是以笑遮醜，這是沒有自信的表現；但她就是烈火口中的完美 Partner。烈火還隆重其事，為了這個完美 Partner 辦了一個晚宴，邀請和他有緊密合作的商業夥伴，把她介紹出去。

「這是瑪嘉烈，我的女朋友，這是林小姐。」烈火介紹兩位認識。

「你好。」瑪嘉烈先伸出手。

「你好。」

「我們已經見過。」

「我記得，你來買水餃。」

「你的舖那麼好生意，你每個客人都記得嗎？」

「不會，但我記得你，不知怎的覺得你很面熟。」

「我們有在甚麼地方見過面嗎？」

Diamond 輕輕搖頭。

「歡迎你加入，他的脾氣很大的，你要小心。」瑪嘉烈笑著說。

「大不了，我回去做水餃。」Diamond 保持著笑容。

「就叫你林小姐嗎？好像很陌生似的。」

「喔……你可以叫我 Jean。」

「對，她叫 Jean，只是我慣了稱呼她做林小姐。」烈火在旁邊補充。

瑪嘉烈看了看烈火，可能是心理作用，總是覺得他看著她的時候，眼神有一種溫柔，而那種溫柔在他們剛拍拖時她見過，只一段短時間，之後便沒有了。

「對了，你現在要兼顧這邊，水餃店會有影響嗎？」

「我想……還可以吧，水餃店都是只開幾小時，應該可以應付，我朋友也會幫忙。」

「好了，我們過去和公關朋友說兩句。」烈火口中的我們，是他和Diamond。

看著他們遠去，瑪嘉烈把拿在手中的香檳，一喝而盡。

六個月

大衛有一個很差的習慣，就是記性太好，有些事明明沒有刻意記著，但又偏偏記得，好像他記得今天是大文號開業六個月的日子。他記得當初Diamond對大文號沒有多大信心，以她這個模式去營運，不知捱得到多久，於是乎大衛為了鼓勵她，曾經說過如果大文號成功營運六個月，他便會送一份禮物給她。

他記得。

自從Diamond加入了WTX，雖然對大文號的日常沒有影響，她依然每天做了限量的餃子，但有時餃子還未賣完便匆匆離開，其他的由大衛去應付，然後整天也沒有她的音訊。Diamond有向大衛提起過那邊的工作怎麼有趣、怎樣有挑戰性，烈火怎樣有要求，大衛沒有留心聽，他根本不想知道，又或者應該說他知道Diamond開心便夠了，不必太詳細地知道誰令她開心、怎樣開心。他不知道這種妒忌心從何而來，比較準確一點的形容，其實他是呷醋，原來不知不覺之間，他對她有了這種微妙的感情。

說他愛上了Diamond，又談不上，但當她少了出現在自己的生活，又會有種酸溜溜的感覺，大衛有問過自己，自己是否喜歡了Diamond？而且，問過很多次，他不想面對那個答案，和答案背後的答案。還有一個問題是，自己已經忘掉了瑪嘉烈嗎？但每次想起了這個問題，他就不想再想下去，他不想去面對自己喜歡或不喜歡這兩個女人的感覺。

對於感情事，大衛很灰心。

大衛見到瑪嘉烈有了新歡之後，他才肯定自己沒有想和她復合的想法，在此之前，又怎會沒有幻想過？或者瑪嘉烈太了解他，她想讓他心息才邀請他去生日會。和情人分手了，要懂得放過自己，大衛學懂了，但是到了要確認自己已經不再愛那個曾經深愛的人，又有點不捨得。

現在他只想去買一份禮物給 Diamond，雖然她未必記得大衛這個承諾。大衛有一段時間沒有選購過禮物給別人，他對上一次買禮物都是買給瑪嘉烈的生日禮物。當你要為一個人買禮物時，就要不停的想起那個人，他有甚麼嗜好？喜歡甚麼顏色？有甚麼需要？鞋的尺碼是甚麼？愈想得多，大衛才發現，原來他也算了解 Diamond，例如她喜歡用生鐵鑊多過易潔鑊，她戴耳環、頸鏈，喜歡喝勃根地的白葡萄酒、馬天尼，不喜歡喝汽泡酒，不喜歡看動畫，因為每次都會睡著，睡覺前喜歡留一盞燈，但又怕光，於是要戴眼罩，原來他是如此留意 Diamond。大衛覺得他想了解 Diamond 更多、想和她相處更多，但現況是，他們共處的機會愈來愈少，這令他有點失落。

思前想後，決定去買一雙手套給 Diamond，一雙隔熱手套，那是他觀察回來的結果。他經常見到在廚房工作的 Diamond 只用毛巾隔熱，便拿起一些高溫的食具，每次她把食具放下之後，都要用手摸著耳珠，想必是十分熱。

他聽過 Diamond 說要買隔熱手套，但沒有一次記得買。

會不會太實用呢？但實用又有甚麼不好？至少她應該會用，況且他們不需要浪漫，就這樣吧。

有意思

「我有話想跟你說。」

「怎麼了？」

「嗯……那個烈火……好像有點……」Diamond 有點吞吐。

「有點甚麼？難相處？藝術家都會有點神經緊張的。」大衛一如平日的鎮靜。

「不是。」

「那是甚麼？」

「我……覺得他對我好像有一點……」

大衛看到 Diamond 吐出這句說話時的表情，那種猶豫、羞澀，是他第一次看到。

「真的嗎？」

「我不知道，是直覺吧。」

「他有做過甚麼、說過甚麼嗎？」

「有人對你有意思，你會知道的，對嗎？」

Diamond 看到大衛的眼神有一點遲疑。

「你覺得呢？」

「覺得甚麼？」

「有人對你有意思，你會知道的？」

「這方面女人應該比較敏感。」

「那麼，你有沒有覺得我對你有意思？」大衛正色地看著 Diamond。

「當然沒有，因為沒有。」很快，大衛自問自答。

Diamond 一下沉默。

「這是送給你的。」大衛把那一雙隔熱手套放在 Diamond 面前。

Diamond 還來不及消化大衛那兩句說話，一雙紅色的隔熱手套已放在面前，用一個透明膠袋包著。Diamond 拿起看了看，有一點不明白。

「那是慶祝大文號成功過渡六個月的禮物，答應過你會送你一份禮物。」大衛笑著說。

Diamond 細看那對手套，突然有一種明白了的感覺。

「謝謝。」

「不用謝，你應得的。我先回去，今天有點累，想早點上床。你也早點睡，明天包甚麼餃？」

「喔……還未定。」

大衛離開了之後，Diamond 想找一個開瓶器，她明明記得那是放在客廳的一角，但不知所蹤，結果她在廚房找到了，一定是大衛，他曾經說過廚具應該放在廚房，他們還為了開瓶器是否廚具這個題目辯論了一陣子；他把開瓶器和其他餐具一起放在廚櫃。

Diamond才發覺原來有一陣子她沒有自己一個人喝酒，就算喝酒，通常大衛都會陪她。Diamond為自己倒了一杯酒，她看著那雙手套，呷了一口酒，竟然不自覺的流下眼淚。

她知道原因，因為她失望。

她以為大衛會著緊她一點，至少他知道有人對她有意思時，會表現出一點醋意，沒有醋意也可能會有一點好奇，不好奇也可能會沉默；但是他卻拿這個題目開玩笑。當他問有沒有覺得自己對她有意思時，有一剎那她以為他說真的，於是她開心過一剎那。

她糾結了好一陣子，才決定告訴大衛關於烈火，因為他的反應便是一個答案，有時候她不太想知道答案，不知道的話便不需要下決定，知道了就不能裝作無知。

和宏光分手之後，她告訴過自己她要愛自己，愛自己的方法有很多，其中一個方法就是不會給別人拒絕她的機會。

Diamond 今天算是破戒了。她其實不應該告訴大衛關於烈火的事情，至少應該待確認才告訴大衛，烈火只一直在暗示；不過女人在這方面的確比較敏感，但她真的很想知道大衛的反應，她很想知道究竟這個男人有沒有丁點喜歡她。

如果，大衛真的有一丁點喜歡她，她會怎樣？她會先行出那一步，這是 Diamond 預備了的答案，但是，很可惜。

現在，她的問題變了，如何答覆烈火的邀請。

烈火告訴瑪嘉烈他要和林小姐去歐洲揀選食材。

這真是一個明目張膽的行為。由他開始對她的餃子有興趣的那天起，瑪嘉烈已經開始提高了警戒，到了她登堂入室，加入了WTX的廚房，她知道這是一個情敵。

瑪嘉烈不是對自己沒有信心，而是她知道男人的本性，他們都是抵不住誘惑，善用「逢場作興」為藉口，以性行先，一時衝動和別人上了床，不等如不愛你，他們覺得自己在外面玩完之後會回來，所以女人不用擔心，有耐性的女人才值得他們去愛。

每段感情都會經過這類的考驗，想不到今次來得這麼快。遇到這個情況，通常只得兩個選擇，一就是攤牌，二就是裝作甚麼也不知道。選擇二，可以讓關係繼續下去，只要情敵不太猛，情人鳥倦知還；選擇一，成功機會率得一半，但首先必須要問自己，還想和這個人繼續下去嗎？

瑪嘉烈是因為愛上了烈火所以和大衛分手，她明知道這個人很吸異性，但她喜歡冒險和挑戰，若她真的愛那個人的話，她一定可以得到他。選擇一或二，還要視乎情況而定，烈火未有明顯變心的表現，只不過有時我們變心，其他人會比自己察覺，瑪嘉烈決定採取觀望態度。

「你甚麼時候去歐洲？」

「下個月中，白松露在那時候應該最肥美。」

「你每年都去的嗎？」

「也不一定，看心情。」

「還有甚麼人跟你一起去？」

烈火瞄了她一眼，然後落床，走出了睡房。

「啊，女人最討厭就是這樣，問長問短，尤其在上床之後，瑪嘉烈為甚麼你會犯這樣的低級錯誤？」瑪嘉烈這樣心想。

烈火那個眼神有一點不耐煩，似乎也有一點嫌棄，早知不問了，正在懊悔之際，他返回房間，拿著一個托盤。

「早餐速遞。」

瑪嘉烈看得呆了，那其實只是煎雙蛋、多士、咖啡，普通不過，但她沒有預期烈火會和一份早餐一起回來，他不是在嫌她煩嗎？

「如果可以加白松露在炒蛋，會好吃一百倍，但現在沒有，我就是為你去掘白松露。」

這不是甜言蜜語是甚麼？

「那為甚麼不跟我一起去？」瑪嘉烈心裏這樣說，但當然她剛學乖了。

「去一個月而已，很快回來，我知你不捨得我，對不對？」烈火輕撫瑪嘉烈的臉。

瑪嘉烈的心寬了一點，如果他會假裝的話，至少他還肯下工夫去假裝。

「別傻了，你不在，我壓根兒想不起你。」瑪嘉烈也不甘示弱。

烈火就是喜歡這個瑪嘉烈，她這麼一説，他又想繼續和瑪嘉烈溫存一下。

「説真的，你不想我去，我可以不去。」正在撫吻之間，他忽然這樣説。

男人是不是都是這樣？在床上，甚麼都可以答應。

「給我帶回一顆最大的白松露。」

如果，瑪嘉烈直白的告訴他，她想他留在她身邊，可能故事會改寫。

禁區前

喜歡一個人，因為他似那個人。

大衛見了Diamond幾次，他已經覺得她很像一個人，一個許多年前，他以為自己很愛的女人；他曾經有機會和她一起，但是他放棄了。這些年來，就算身邊已經有瑪嘉烈，偶爾還是會想起她，他們沒有再見面，在街上遇不到，大衛覺得他們可能曾經擦身而過，遇到但認不到，畢竟已過了這麼多年。

Diamond就如昨日的她——維珍。

當Diamond滿懷心事，大衛去開解她，他分不出他在開解的是Diamond還是維珍？當Diamond說悶，想要人陪，他不知道他陪的是Diamond還是維珍？究竟他是不是當Diamond是維珍的影子？

雖然，答案他不說，是沒有人會知道的，但是他過不了自己的關。他知道這樣對 Diamond 不公平，他根本分不清究竟他喜歡的是 Diamond 還是因為她似那個人，所以最公平的做法，就是不表達；但是不表達又算公平嗎？

維珍對大衛來說是一個陰影、遺憾、羞愧，是一個不想面對的過去，但是當看著 Diamond 因為他的鼓勵、幫助、開解而活得快樂，他滿有成功感，他覺得過去終於可以補償。

如果，你當那個人是替身，於是待她很好，而她根本不知道，大家各得其所，這有害嗎？

當 Diamond 加入 WTX，烈火對他有意，他們要去遠行，大衛一直都是以微笑應對，其實他心裏好不願意，但他不想讓 Diamond 知道。如果她找到屬於自己的天地，裏面有還疼愛她的人，那就由她去吧，看到喜歡的人過得幸福才是重點，幸福由誰來創造，重要嗎？

Diamond 和烈火要去遠行，不知去甚麼地方找甚麼食材，不知甚麼時候回來，Diamond 應該有講過，但大衛就是記不起。

她出發的那個晚上，他還載她去機場。

「其實你去哪裏？我忘記了。」

「先到意大利，再到法國、比利時。」

「比利時？做甚麼？」

「比利時出名做朱古力，去參考一下人家的方法。」

「你要做朱古力嗎？」

「可能，想做一個朱古力菜單。」

「哦，朱古力凍湯？」

Diamond 笑了笑。「朱古力餃子。」

大衛有一刻的感動。

「要不要聽甚麼歌？」大衛現在才發現，車上一直沒有播歌。

「杜德偉。」Diamond 淡靜的說出這三個字。

正在駕車的大衛專注的看著路面，其實他很想看看 Diamond 當時的表情，究竟她是怎樣的心情？車在紅燈前停下，大衛看到 Diamond 用手托著頭，望向窗外。

大衛用手機程式搜尋杜德偉的歌。

「杜德偉哪首？」

Diamond 立時回過頭來，看著大衛。

「隨便。」

大衛按了隨機選曲，車子重新上路時，播出的是這一首。

為何重逢 重逢令心緒亂
誰人仍令我偷偷 眷戀
難忘情緣 唯獨是這一段
何時才讓我揮走昨天

接近午夜的機場十分寧靜，他和 Diamond Check In 行李的時候，航空公司的地勤員工十分殷勤，笑容可掬。

「你果然名不虛傳。」

「甚麼？」

「Diamond。」

二人相視而笑。

「送機這個行為很中學生，當年同學移民就會一大班人一起送機，之後也沒有甚麼人要送。」大衛說。他和 Diamond 朝禁區走去，而他覺得他們的步伐愈來愈慢，彷彿一個不願走，一個不想送。

「我比較喜歡有人來接機，再見總好過分離，你會來接我，對嗎？」Diamond 問大衛。

「會，當然會。」這也是真心話，他真的希望 Diamond 可以快點完成旅程，然後他會在閘口等她，期待她行出來，當她在人海中看到他時，他希望看到她燦爛的笑容。

「歐洲那邊很危險，經常有恐怖襲擊，你……不如不要去吧。」

Diamond 覺得大衛一定又在開玩笑。

大衛沒有再說甚麼，他大力的擁抱著 Diamond，從那個擁抱的溫度中，Diamond 知道他是說真的。

二十天

烈火就是這樣子，一投入工作，就只得工作，甚麼也拋諸腦後，工作永遠排首位，會令他不眠不休的一定不是女朋友；有些女人就是不喜歡男子對她們如太后，時刻服侍周到，找男朋友，不是找太監，這也是烈火吸引瑪嘉烈的地方。

瑪嘉烈就是這樣子，就算她有多投入那段感情，有多愛那個人，她也不會顯得太投入、太愛；有些男人就是喜歡這種有個性的女人，因為她們通常都很獨立，不會時刻查探自己的行蹤，這也是瑪嘉烈吸引烈火的地方。

每當烈火要公幹隨時一、兩個星期也不會和瑪嘉烈聯絡，今次的尋找食材之旅也不例外。但是，瑪嘉烈則不如以往的沉著，她不時拿出電話來看看烈火有沒有上線，但烈火一向都是隱藏自己的上線時間，而瑪嘉烈是知道的。

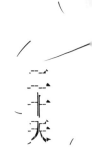

我們不能控制自己會愛上甚麼人，但總得要控制付出多少，不然下場總是悲哀的。

瑪嘉烈罕有地發了一個訊息給烈火，過了一天，他連看也沒有看。她不擔心烈火是否遇上甚麼意外，生死有命，真的遇上意外，那麼多人和他同行，總有人會通知她；如無意外，那是代表他太忙，沒有餘閒看電話。她知道是因為那位林小姐令到自己心神不定，她就是有直覺，瑪嘉烈忽然有一種害怕的感覺。

當她再次拿電話出來查看時，她發覺她那個訊息對方已讀，但不回。

在那一刻她想起大衛。

這也是無法控制的。

我們會在甚麼情景下想起甚麼人，是不由我們控制的。

有別人待薄你時，自然會想起對你好的人，人之常情。

瑪嘉烈雖然記性差，但她偶然也會想起大衛，通常是和烈火有一個強烈對比的時候。

看到烈火不眠不休的工作，就是覺得大衛真是懂得享受人生；每次約會，烈火總會遲到，她就會想起大衛總是早到的一個；所以世事是公平的，霸氣的人不會花時間去戀愛，會花時間戀愛的人都不在乎成就，瑪嘉烈想起大衛的好處和不好處。

瑪嘉烈曾經喜歡散步，因為她總有很多事情需要搞清楚，今天她又重拾這種感覺。原來在戀愛之中的不安全感是這麼殺人，她一直在替烈火找尋失去聯絡的藉口，接收差、丟了電話、搞不清時差……

她一直行、一直行，她以為她會去WTX，但不經不覺她竟走到了「大文號」的門前。

「東主離港公幹，閉店二十天。」看著張貼在大門的那張告示，瑪嘉烈覺自己很失敗，她不可以讓自己這樣子，她拿出電話，決定致電烈火，有甚麼便痛痛快快說清楚。

可是，電話駁去了留言信箱。

十六天

感情需要放遠一點才會耐看。

Diamond留低了一句說話給大衛：「好好看著大文號。」這句說話十分有份量，觀乎大文號的象徵意義，她這句說話是「好好把感情繼續維繫」的一個暗示。大衛當然不懂得包餃子，但是他每天都會回去大文號一趟，看看店內是否一切安好，有沒有漏水、有沒有垃圾未清，還有更換門外的告示。

門外張貼的告示是這樣的：「東主離港公幹，閉店三十天。」

大衛每一天都來把閉店的日子更正，由三十天，到廿九、廿八、廿七、廿六、廿五、廿四、廿三、廿二、廿一……每改動一次數字，大衛都會開心一下。Diamond離開了，令他知道他對Diamond有一種思念，這種思念是因為她離開了才出現，想著她身在何處、見著甚麼人，那邊的陽光是甚麼顏色，是純粹地屬於對 Diamond 的思念。

大衛找到了答案。

他把每一張改了日子數字的告示，都拍了一張照，然後發給 Diamond，而她很快就會回覆，他們會在 WhatsApp 談上幾句，大衛覺得快樂，很久沒有出現過的快樂，他知道這種感覺叫做甚麼，是心動。他曾經以為瑪嘉烈之後，他的心不會再動，但原來不；他與 Diamond 能否真正發展起來，不是重點，他為自己能夠再愛上另一個人而高興，那個人是誰其實又不重要。

他將新的告示貼上，看著「十六」那個數字，嘴角不期然的微微向上，正當他轉身離開之際，電話響起來，他第一下以為那是 Diamond，但來電顯示卻是瑪嘉烈。

大衛當下猶豫了，他沒有立時接聽，腦海裏閃過很多瑪嘉烈致電他的理由，她還要拿取甚麼？是信件嗎？最近有甚麼特別日子，是自己生日嗎？為甚麼她不用 WhatsApp？還是誤撥呢？

然後，電話響聲停了。

大衛不是那種會故意不接電話的人，更遑論故意不接瑪嘉烈的電話，他盯著電話，看著那個未接來電，他用念力叫它不要再響。

電話沒有再響。

他拿起電話找到寫著十六號告示的照片，發了給 Diamond，說起來，這幾天 Diamond 都回覆得比較慢，也只用 Icon 回覆，昨天那個訊息更是石沉大海，大衛想，他們必是去到一些網絡接收較差的區域，沒事的，Diamond 很快便回來。

兩面睇

「可以陪我遊車河嗎？」

有些事情以為餘生也沒有機會再做，但世事真的很難預料。

瑪嘉烈提出了這個邀請。

大衛知道一定發生了一些事，瑪嘉烈才會想起他，尤其是一對已分開的情侶，本來已經沒有往還，忽然想起對方，還邀約，一定有事。瑪嘉烈約了他在中環的IFC等，這地點十分中性，既不是工作地點，也不是住處，為這個約會保持了一點距離。

中環的交通愈來愈惡劣，停車場拆完一個又一個，車都要泊在街上，兩行泊車，甚至三行泊車的情況很多，阻塞道路，大衛其實不太喜歡去中環；這天因為交通擠塞，他比約定的時間遲了。

車差不多駛到IFC，大衛已經看到瑪嘉烈，她正在專心地看電話，直至車停在她面前，她也沒有為意。

「瑪嘉烈！」大衛迫不得已大聲叫了她的名字，他覺得自己喊這名字時，有一種違和感，很不自然。

瑪嘉烈抬頭，看到是大衛，還有他的新車。

「你換了車？」瑪嘉烈站問車內的大衛。

「對呀。」

「紅色？」

「對，你上車嗎？」

瑪嘉烈顯得有點難以置信。

「為甚麼換紅色？」她上車後，繼續追問。

「紅色不錯，熱鬧。」大衛隨意回應。

「你想去哪裏？」他想盡快轉換話題。

「遊車河，哪裏也無所謂。」

瑪嘉烈的態度與以往無異，他拿她沒法，唯有開動車子。

駛離 IFC 時，車子經過了中環的摩天輪。

「我們有多久未見？」大衛嘗試修正這次見面的性質。

「甚麼？」瑪嘉烈回過神來。

「我說很久不見。」要有這種開場白才似一對舊情人。

「有多久？」

「不知道，感覺很久。」

「你最近在做甚麼？還是駕車嗎？」

「也是，有時候會幫朋友打理一下她的餐廳。」

「餐廳？那麼巧，我男朋友都是開餐廳的。」

大衛應約的時候也幻想過瑪嘉烈會跟他說甚麼，應該說在他的幻想中，這次見面只不過是朋友交換近況、閒聊一下。但想不到談不了幾句，他便從瑪嘉烈口中聽到「我男朋友」這四個字。

「我最近和他有點問題。」

「甚麼？」其實，大衛真的不想知道，他不是不想知道瑪嘉烈的感情生活，他是不想知道自己對瑪嘉烈還有感覺。

「我想去一趟旅行，散散心。」

「想去便去吧。」

「你有空嗎？陪我？」

眼前的瑪嘉烈沒有變，內裏的瑪嘉烈也沒有變，想做就會去做，想説就説，完全不理對方的感受，這種人焉能得不到幸福？約舊情人去旅行不如飲茶、行山、遊車河，但瑪嘉烈提出這個邀請時就如叫大衛陪她去茶餐廳那麼隨意。

人生掃興的事有很多，有一樁是當你以為自己已經康復了，以為自己學乖了，魔鬼又再來引誘時，卻不堪一擊；明知道有一種快樂要在地獄中，弄得自己遍體鱗傷才會享受到，以為自己領教過，不會再錯，但又會心甘情願的墮落。

瑪嘉烈為甚麼要找他？她一定知道大衛不會拒絕她，他根本不懂得拒絕她，大衛真的想問她，究竟她想怎樣？是想復合嗎？要不然，為甚麼要找自己？

真的要復合的話，他會嗎？大衛連想一想這個題目，他都覺得自己很不堪，他不是應該期待著 Diamond 回來嗎？他沒有答應瑪嘉烈的邀請，但是也沒有拒絕，瑪嘉烈說她會安排。

Diamond 很快便會回來，大衛竟然想到，他應該怎樣跟 Diamond 說，他要和以前的女朋友去散心，是否應該撒一個謊，告訴她，家裏有些事情要往海外處理？還是告訴她，想一個人去幾天旅行？還是根本應該拒絕瑪嘉烈？

這一刻，大衛很想 Diamond 在身邊，如果她在的話，他就會知道自己應該怎樣做。

大衛要找 Diamond，與此同時，手機的訊息提示傳來一則特別新聞。

「你喜歡比利時嗎？」

「喜歡。」

「你喜歡，我們可以多來。」

「我來過很多遍。」

「和男朋友？」

Diamond 笑了笑，沒有回答。

「多謝你。」

「多謝我甚麼？」

「肯加入 WTX。」

「我也多謝你。」

「那天在火車，我跟你說的是認真的。」

眼前烈火的眼神，很熟悉，很像宏光，每次他說給他多點時間，他就是這個眼神。

和烈火由法國往比利時的火車途上，他們談得十分投契，烈火好像一本世界食材的百科全書，聽他說食材的歷史、做法，好像看金庸小說的武打場面一樣。

「我有些東西送給你。」烈火忽然從他的背包拿出一個玻璃瓶，裏面有一顆如一個橙那麼大的白松露。

「這是我在意大利時叫朋友帶我去掘的，有幾天我失了蹤就是去找這個，不算甚麼貴重的禮物，不過是親手掘的，應該蠻有紀念價值。」

收別人禮物就要付出代價，Diamond 很清楚遊戲玩法，不論那禮物是用錢買的，還是親手造的。

「你知不知道白松露的花名是甚麼？」

Diamond 搖了搖頭。

「White Diamond。我覺得好像你。」收別人禮物就要付出代價，但收別人的甜言蜜語則不用，因為對方不會知道你受不受落，而 Diamond 將這句說話收起了。

「我第一次……不對，應該是第二次，第二次看到你的時候，我已經被你吸引……你覺得我有機會嗎？」

「你有女朋友的。」Diamond 不會再讓自己做第三者，但她這句說話究竟是提醒烈火不要越軌，還是一個條件？

之後幾天的旅程，烈火也再沒有接觸 Diamond，他們各自各和其他工作人員跟不同的餐廳老闆、食材供應商見面。直到今晚，烈火說旅程差不多到尾聲，想和 Diamond 單獨吃一餐晚飯。

Diamond 也應邀赴約，當甚麼事也沒有發生時，單方面逃避的一方，多數是心虛的一方。

烈火揀了一間家庭式的小酒館，感覺親切而不浪漫，烈火非常懂得選餐廳，和心儀的對象約會要因應當下的感情概況選餐廳，不是每種關係都適合去五星級酒店食法國餐。

忽然，門外傳來一陣騷動，有警察衝入了餐廳，大聲喝令所有人找掩護，顧客們有的湧到後門，有的躲到枱底，現場不停有人尖叫。

Diamond 立即想起大衛，他說歐洲很危險。

「這邊！」烈火二話不說拉著 Diamond 去到遠離門口的位置，躲在櫃後面。

他一直護在 Diamond 身前，警戒地觀察四周的情況。

「你現在知道我有多喜歡你嗎？」烈火真是出人意表。

「你神經病嗎？現在說這些？」

「就是現在才說這些，那你喜歡我嗎？」

「我當你是朋友。」Diamond 也能保持冷靜。

「這個情況也不能讓你改變？朋友可以發展成為情人。我上次向你表白，你說我有女朋友，我現在若告訴你，我是單身，你會接受我嗎？」

「烈火……」Diamond 不知道令她不懂反應的是現場環境，還是烈火的說話。

「我沒有女朋友，你會接受我嗎？你看！我會為你擋子彈的。」

Diamond 不懂回答。

這時，門外傳來一、兩下的輕微爆炸聲，人群的尖叫繼續，Diamond 閉上雙眼，雙手抱著頭，她知道烈火一直在抱著她。

過了一會，一切好像平復了，有警察走過來告訴他們事情已完結，也有醫護人員到場，查看有沒有人受害。

「你沒事吧？」烈火先站起來，察看四周。

「沒有。」Diamond 似是驚魂未定，仍然坐在地上。

「那你喜歡了我沒有？」他伸出手，示意要拉她起身。

這個男人，真的很知道如何吸引女人，跟他一起會很危險。

這個時候 Diamond 的電話響起來。

回頭草

瑪嘉烈一直找不到烈火，她其實已經打定了輸數，作了分手的打算，在通訊發達的時代，沒有可能和一個人完全失去聯絡的，只有人為因素，故意的逃避才會失去聯絡。

先下手為強，先離場為上，瑪嘉烈每感到情人對她的熱度減退，相處間有離異味道，她都會首先離開。正當她預備鳴金收兵之際，但想不到會接到烈火的電話，他說有幾天去了偏僻的鄉村，手機沒有訊號。

瑪嘉烈當然不相信，她不難猜測烈火失蹤的原因。忽然失聯，忽然又出現解釋，必定是另一邊的飯局開不成，就會想到原本在等他的飯局，人性都是如此。瑪嘉烈其實有一下反感，她不喜歡被選擇，但誰又願意被選擇？不過，本來是輸家的她，一個轉身成了贏家，為甚麼不？

況且，她實在愛著烈火，能夠被自己愛的那個人選中也當贏。

「你很掛念我，對嗎？我也是。」烈火執著瑪嘉烈的手。

瑪嘉烈看著面前這個男人，她知道他不會是一個終身伴侶的材料，但誰說人一定要有終身伴侶？瑪嘉烈還是抵擋不了愛情的誘惑。況且，他已經提過一次分手，下一次他再提的話，她已經有了準備，會應付得更好。

「我們去一趟旅行好嗎？你想去哪裏？」烈火這樣說。

瑪嘉烈心裏有一陣難過，她想起大衛，瑪嘉烈對他有無比的歉意，可能今生也還不了。

「我的白松露呢？」

「你要甚麼我都可以給你，天上的星要不要？」烈火吻著瑪嘉烈的手。

「不要，我只要白松露。」

「我就是喜歡你不講理。」

「甚麼不講理？是你自己答應過我的。」

「我答應給你帶回一顆最大的白松露，但今次找不到最大的，不是最好的，怎能給你？」

「我還是需要點時間再想一想。」瑪嘉烈縮開她的手。

「不要這樣好嗎？這樣戲弄人是不好的……」

究竟誰在戲弄誰？

「好吧，好吧，我們就一起去找白松露。」

「誰要跟你去做這些苦工，你跟別人去吧……」

「瑪嘉烈……」烈火又再執起她的手。

這種打情罵俏的感覺真好。

那麼，如何跟大衛說呢？

要跟他說嗎？他也沒有答應，對不對？事情不交代那麼清楚會更好，大衛那麼好，他一定不會介意的。

「陳奕迅有一首歌，內容是說舊情人見面，男的心情忐忑，想好了很多要說的話，但一見面那女的已點好了滿枱他喜歡的食物……那首是甚麼歌？」

「嗯……有印象，但想不起。」

「那像不像我們現在的情景？」

「食物在哪裏？」

「不要那麼心急，等一下。你……最近好嗎？」

「還不是一樣，一般人的生活不會無緣無故起風浪，過慣了某種生活，日子就會一直以那種模式走下去。」

「很像你。」

「你呢，你怎樣？」

「我……還好……一個人很自由。」

「你們……分開了嗎？」

「對，不適合就不要浪費別人的時間。」

「自己喜歡甚麼，不是一早知道的嗎？」

「當你知道根本不會得到你想要的，總要將就一下，轉一轉跑道，看看有沒有其他可能性。」

「這也很像你。」

「你……甚麼時候了解過我？」

「有時候毋須相處，也可以了解一個人。」

「你……了解過我嗎？」

「……總有的。」

「要不是我太蠢就是你太含蓄，怎麼我一點也感覺不到？」

「查根究底，也不像你。」

「不要再裝作了解我，沒用的。你……結婚了嗎？」

「沒有。」

「那……分開了嗎？戀愛了嗎？」

「沒有。」

「沒有甚麼？沒有戀愛，還是沒有分開？」

「分開了。」

「恭喜你。」

「你別在傷口灑鹽。」

「我只是直說，那個人根本不愛你。」

「那你不早點告訴我？現在來馬後砲？」

「告訴你，你也不會聽。傷口還會痛，代表還有知覺，是好事。」

「說到好像你自己對甚麼也麻木了的樣子。」

「如果我告訴你，我喜歡的是你，你會怎樣？」
「如果我會告訴你，我一早知道，你會怎樣？」
「我不知道是因為我麻木了，所以沒有感覺，還是我也一早知道，所以沒有感覺；不過能從你口中聽到這個答案，我也心滿意足。」
「為甚麼別人拒絕你，你也心滿意足。」
「不一定要得到才會滿足……看，這些都是你喜歡的食物，對不對？」
「我想起了，那首歌叫《想哭》。」
「怎麼忽然會想起？」
「會想起的就會想起。」

相約在一個適合聊天的下午
分開很多年滿以為沒有包袱
我還打算回顧我們為何結束

還想問你是不是一個人住
當你的笑容給我禮貌的招呼
當我想訴説這些年來的感觸
你卻點了滿桌我最愛的食物
介紹我看一本天文學的書

回家的時候，大衛一直在車內播著這首歌，他知道以後聽到這首歌，他也會想起趙子龍。

「你知道你的朋友喜歡你嗎？」

「不知道呢……」

「但至少你知道我在說誰。」

「我也沒甚麼朋友你也認識的。」

「他一定是，我就是知道。假如一個人明明是專家，但他卻在你面前裝作是初學者，他一定是喜歡你。」

「可能他想溫故知新吧。」

「你不喜歡有人對你好嗎？否則怎會找藉口去證明別人不是對你好？」

「有時別抱太大期望，是對自己負責任。」

「不對，期望愈大，得到的快樂就愈大。」

「得不到，失望也會愈大；不過，你年青，不怕。」
「你不年青，有那麼多人生閱歷，也怕？」
「不是怕，是累。」
「你甚麼時候會不累？」
「不知道。」
「你喜歡你的朋友？」
「人與人之間的關係，不是喜歡和不喜歡那麼簡單，有些人你不喜歡他，卻又一直跟他一起，因為他喜歡你；有些人你喜歡，卻又不會表露，因為他知道你喜歡他，就會由對你沒甚麼感覺，變成不喜歡你……」
「有那麼複雜嗎？」
「人就是複雜的。」
「做人要勇敢一點，像我，明知道你不會喜歡我，我也追求你，但是我不明白，你也不像會喜歡我，又為甚麼應約？」

「能否跟那個人談戀愛，不是吃一頓飯、喝一場酒就可以決定的，但是，給自己不同的機會，也是對自己負責任的一種。朋友之間，不是每次見面，都是在尋找戀愛的可能性，你明知我不會喜歡你，那你約會我的目的又是甚麼呢？」

「只是想見見你，見到你就滿足了。」

「一個容易滿足的人，通常都是快樂的。」

「對，自己都不快樂，如何令愛的人快樂？」

「那你要繼續下去，不要得一想二，貪得無厭，要不，人生就會變得痛苦。」

「我盡量吧，人生漫漫長，怎麼知道以後的路會怎樣？我其實覺得若果不是他，你應該會喜歡我。」

「有自信，也是活得快樂的原因。」

「真的不會？」

「現在不會。」

「他也是一個好的選擇，如果他傷你心，你就來找我吧。」

世界上真的有這種愛嗎？

Diamond不知道，可是她會記得曾經有人這樣說過，她叫雪兒。

遠去了

「你好嗎？」

「還不是一樣。」

「上次真的對不起。」

「沒事。」

「我有去旅行，不過是和其他朋友。」

「去了哪裏？」

「西班牙。」

「好玩？」

「不錯，有機會你也應該去看看，美食、美酒，你會喜歡的。」

「我以為你會去陽光、海灘。」

「去得多也會悶，其他地方我也喜歡的，尤其是未去過的。」
「也是。」
「大衛。」
「甚麼？」
「我和男朋友又沒事了。」
「哦。其實……你不用跟我説，正如我也不會跟你説，我現在跟誰在拍拖，快不快樂，有沒有吵架。我們已經分了手，對吧？」
「分手了，就不是朋友嗎？」
「瑪嘉烈。」
「甚麼？」
「我永遠都會關心你，但我們不會是朋友。」
「你會永遠關心一個陌生人？」
「我會關心北極的冰川甚麼時候會完全融掉，北極熊會無家可歸；我也會關心藍鰭吞拿魚甚麼時候會絕種，但我和北極熊及藍鰭吞拿魚也不是朋友。」

「你變了。」

「你也一樣。」

「瑪嘉烈。」

「甚麼？」

「你自己保重。」

「你要走啦？」

「差不多。」

「那你先行吧。」

「好的，拜拜。」

「拜拜。」

看著大衛的背影，瑪嘉烈現在才發現，跟他一起這些年來，才第一次看大衛的背影。每次約會要先走的都是自己，通常都因為趕下一個約會；大衛送自己回家，總是看著她上樓，她沒有機會看著他離開，大衛從來不會比她先走。

就這樣，瑪嘉烈知道大衛終於離開她，而她竟然覺得難過。

迴旋處

Diamond 和大衛正在大文號的新店打點，準備好過兩天開業，Diamond 退出了 WTX，他們決定擴充大文號，大衛還正在學包餃子，他說要幫輕一下 Diamond。

「開張第一天，準備甚麼神秘餃？」大衛問 Diamond。

「神秘餃？沒有了，我不會再做。」

「為甚麼？那是絕技呢！」

「那是噱頭，出了名之後不用搞那麼多花款，況且我不想再提供神秘感，做人就是應該光明一點，有話說話。」

「那都應該和我商量一下嘛……」

「你不是說你是 Silent Partner 嗎？怎麼現在又不 Silent 了？」

「做人有甚麼想知就要去問，你不問，沒有人會告訴你答案。」
二人相視一笑，他們都看到一個新的大家。
「你很像我一個朋友。」
「甚麼朋友，女朋友？」
「不算。如果我告訴你，我喜歡你的其中一個原因是你令我想起一個我愛過的人，你會怎樣？」
「我會怎樣？」
「你不會介意嗎？」
「不會。」
「不會？」
「你會介意？」
「我……」大衛也沒有想過這個問題。
「你不會覺得是替身嗎？」大衛仍然覺得有問題。

「不會……就算外貌相似，性格也不一樣，性格相似，內心也不會一樣，若果真的是一模一樣，那就是注定，注定的很難改變，唯有接受。怎麼？我像誰？」

「我想她現在大概……五、六十歲。」

「哈哈！我像她？你找死嗎？」

「不不不……不是年紀像。」大衛慌忙解釋。

「真的，我不介意，感情就是千絲萬縷，做得成情侶，走得在一起，一定有很多原因，甚麼都好，能夠成全我們的都是好原因。」

大衛想了想又覺有道理。

如果當日瑪嘉烈要烈火留低，他就不會和 Diamond 去歐洲，不去歐洲就不會有分手危機，沒有危機，瑪嘉烈就不會去找大衛，她不找大衛，他就不會向 Diamond 表白。

如果當日有人行多一步、行少一步，也不會是這個結果，愛情運都是天注定，而感情的世界都是一個循環。

大衛和 Diamond 離開了大文號，一起回家。

他們剛離開，有一男一女走到大文號的門口。

「這裏有家新餐廳，不知吃甚麼的？」女的在窗外看到店內簡潔的擺設。

「改天再來看看吧，招牌也未撕，還未開始營業。」

「好吧。會不會是賣炸雞呢？」

「炸雞？不是熱潮已過嗎？」

「也許。」

「炸雞這些雲眼嬌，怎及得上豉油雞長青？」

「我不會相信你……」

時值隆冬，忽爾翻起一陣北風，女的打了一個哆嗦，不禁把手插進皮褸袋，然後，她發覺口袋裏有些異物，那是一個用紙摺成的小四方形。

WE PRESS
香港人出版

書名 瑪嘉烈與大衛的絲絲
作者 南方舞廳
出版人 王凱思
出版 香港人出版有限公司
WE Press Company Limited
地址 香港灣仔皇后大道東 109-115 號智群商業中心 14 樓
網址 www.we-press.com
電話 (852) 6688 1422
電郵 info@we-press.com
印刷 亨泰印刷有限公司
香港柴灣利眾街 27 號德景工業大廈 10 字樓
設計 Wai Hung (www.whtihvdone.com)
排版 Matthew Wu
ISBN 978-988-14231-6-0
出版日期 2017 年 初版至第三次版
書價 HK$78